ERRUNGENSCHAFT FREIGESCHALTET!
Uwe Post

- EDITION ÜBERMORGEN -

Uwe Post

ERRUNGENSCHAFT FREIGESCHALTET

Future Fiction

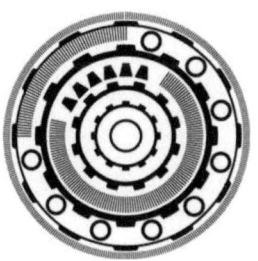

edition-übermorgen.de

Bibliografische Information der Deutschen Nationalbibliothek:
Die Deutsche Nationalbibliothek verzeichnet diese Publikation in der Deutschen Nationalbibliografie; detaillierte bibliografische Daten sind im Internet über http://dnb.dnb.de abrufbar.
© 2023 Uwe Post
Korrektorat: Steffen Schneider
Schriftart: Liberation Serif (Lizenz: GPLv2)
Satz: Libre Office Writer
Herstellung und Verlag: BoD – Books on Demand, Norderstedt
ISBN: 978-3-7557-5128-1

Für Steffi – für ganz viel großartige Realität

Für Uwe Hermann – für ganz viele gemeinsame Errungenschaften

Triggerwarnung:
Alkohol, Nacktheit, Zeitsprünge, Hundehaufen.

Also, ich bin Hieronymus, aber die meisten Leute sagen nur Hi zu mir und sonst nichts. Ich bin gerade mit der App zugange. Mit welcher App? Na, mit *AIT*. Kennst du nicht? Nicht dein Ernst! Eigentlich heißt sie *AchieveIt*. Immer, wenn du was Tolles schaffst, belohnt sie dich mit einer *Errungenschaft*. Aber das ist nicht nur ein lustiges Bimmeln mit Feuerwerk und Konfetti, wie in Daddelgames wie *Drei-Juwelen-nebeneinander* oder *Ernte-alle-Rüben*. Sondern mit einem Orden.

Sehr praktisch, dieser kleine Drucker in der Jackentasche. Das Smartphone verbindet sich damit natürlich über Funk. Sogar verschlüsselt! Das weiß nicht jeder, ich schon. Ich kenne mich aus.

Bei jeder Errungenschaft surrt der Drucker los und ein hübscher Orden kommt heraus. Bunt, glitzernd, die Papierrollen sind mehrlagig und selbstklebend – es ist der reine Wahnsinn, wie geil die Orden aussehen! Und alle sehen anders aus!

Vorhin hab ich die Errungenschaft erhalten für »Wechsle mindestens fünfmal diese Woche die Socken«. Der Orden hat die Form einer goldenen Socke und mit etwas Fantasie riecht er sogar nach, ähm ... frischem Waschmittel!

Natürlich kann man den gleichen Orden auch als animiertes Bild in sozialen Medien posten, damit alle

Freunde, die gerade nicht in der Nähe sind, respektvolle Emojis zurückschicken können.

Die größere Wirkung haben aber die echten Orden. Wie die Leute einem auf die Brust schauen, auf der die Errungenschaften glänzen! Macht echt Eindruck! Fast wie ein roter Lamborghini unterm Hintern, bloß viel billiger.

Ich gehe jetzt viel mehr zu Fuß, damit meine Orden besser zur Geltung kommen. Vorhin, im Heinrich-Park, auf dem Weg zum Bäcker, hat eine ziemlich hübsche Frau mich gebeten, stehenzubleiben, damit sie meine Orden kurz abscannen kann. Das ist eine eingebaute Funktion der App. Sie zeigt dann an, welche von den gescannten Orden man selbst noch nicht hat, und fügt sie der »Später erringen«-Liste hinzu. Dazu enthalten die Orden klitzekleine, für das bloße Auge nicht erkennbare Rastercodes. Nein, das weiß nicht jeder. Ich schon. Ich kenne mich aus.

»Der Bunte da«, sagte sie nach einem kritischen Blick, »ist das wirklich der für in zehn verschiedenen Farben bemalte Fußnägel?«

»Korrekt«, entgegnete ich. »Der ist ziemlich neu, haben noch nicht viele Leute.«

»Wie funktioniert der? Ich meine, du trägst ja Schuhe...«

»Ganz einfach«, sagte ich und zog Schuhe und Strümpfe aus. »Du malst dir die Nägel an und ...«

»Sieht wirklich schön bunt aus«, sagte die Frau und grinste meine Füße an.

»... und dann fotografierst du die Zehen mit der App. Fertig!« Ich schwenkte demonstrativ das Phone. Das summte gerade fröhlich. Ich schaute aufs Display, und sah die Benachrichtung von AIT: »Du hast dich der Nutzerin Sarah_97 auf weniger als einen Meter genähert! Noch neun weitere solcher Annäherungen und du schaltest die Errungenschaft *Fast schon Haut an Haut (heterosexuell)* frei!«

»Hallo, Sarah«, grinste ich.

»Hi«, entgegnete Sarah und steckte ihr Phone weg.

Ich wusste nicht, was ich antworten sollte.

Sarah zuckte mit den Schultern. »Okay, dann kauf ich mir mal ein paar Fläschchen bunten Nagellack.«

»Es gibt ziemlich günstige Sets bei Ebay. Mit dem Aktionscode AITROCKZ noch günstiger.«

»Danke!«, sagte Sarah. Es wirkte ehrlich.

Sie wartete nicht, bis ich mir Socken und Schuhe wieder angezogen hatte und setzte ihren Weg fort.

Mein Phone bimmelte erneut. Zufrieden stellte ich fest, dass der Zähler für die Errungenschaft »111x Aktionscode genannt« um Eins auf 29 gestiegen war.

Es ist echt nicht jeder so geistesgegenwärtig, den richtigen Code im richtigen Moment zu sagen.

Ich schon. Ich kenne mich aus.

»Frau ... ach was: Jenny.«

Jenny verkniff sich ein Seufzen, warf ihrem Chef ein hoffentlich nicht zu missgünstig wirkendes Grinsen zu und konzentrierte sich wieder auf ihren Bildschirm.

Grübelnd betrachtete sie die Liste, die sie heute bereits ins Ideen-Fenster getippt hatte:

```
1. 13x fremde Hundehaufen entsorgt (hoher
Schwierigkeitsgrad)
2. irgendwas mit Politik
3. ?
4. ?
```

Die Liste ging so weiter. Jenny fand, dass eine Nummerierung ein guter Anfang war. Ohne Nummerierung war eine Liste keine Liste, sondern Chaos. Jenny mochte kein Chaos. Freilich sah man das ihrem Schreibtisch nicht an.

Neben der rot leuchtenden Lasermaus lag ein Haufen USB-Sticks, von denen mindestens zwei wie Schokoriegel aussahen oder welche waren. Die Magazine (über klassische Rennautos, Flugzeuge und Independent-Games), die die Lücke zwischen Tastatur und Monitor ausfüllten, waren mit Post-Its beklebt, deren Alter nur von Forensikern akkurat geschätzt werden konnte. In sicherer Entfernung standen eine Vase mit einem Kaktus und eine leere Gießkanne.

»Meine Mitarbeiter sind wie eine Familie«, sagte Jennys Boss und griff nach einem der Schokoriegel oder USB-Sticks. »Alle sind toll und immer füreinander da. Wir heißen nicht umsonst *Live our Dream!*«

Jenny knabberte an ihrer Unterlippe. Sie wusste auch nicht genau, ob ihr Boss einen Schokoriegel oder einen Schokoriegel-förmigen USB-Stick erwischt hatte und hoffte, dass er nicht versuchte, das durch einen Geschmackstest herauszufinden. »Chef«, sagte sie, »ich tue wirklich, was ich kann.«

»Ja freilich, freilich!«, sagte Jennys Boss. »Das ist doch gar keine Frage. Aber du weißt auch, wie groß der Bedarf an neuen Ideen ist. Unsere EEE sind wie Schafe auf einer Wiese, und deine Aufgabe ist es, neues Gras wachsen zu lassen.«

Jenny wollte ihren Boss gerade darauf hinweisen, dass er sie im Moment vom Gras-wachsen-lassen abhielt, als ihr Phone bimmelte. Automatisch griff sie danach.

Erungenschafts-Fortschritt! 8 von 11 Tage in Folge mehr als 10 Stunden gearbeitet.

»Toll«, brummte Jenny.

»Diesen Orden habe ich schon längst«, sagte ihr Boss und zeigte auf ein ausgewählt hübsches Exemplar an seinem Sakko.

»Schön«, sagte Jenny. »Hat Clara designed.«

»Ich habe ausschließlich großartige Mitarbeiterinnen. Und Mitarbeiter. Oder heißt es Mitarbeiter-Stern? Hm. Wo war ich?« Der Boss legte den USB-Stick oder Schokoriegel zurück und griff nach einem Flugzeug-Magazin. »Also. Unsere Nutzerzahlen sind auf einem

Höhenflug. Heute habe ich vor dem Aufstehen drei neue Server bewilligt und bis zum Frühstück eine halbe Million Euro eingenommen, wobei ich die meiste Zeit davon auf dem Klo saß. Das alles fühlt sich wirklich großartig an.«

»Ja, glaube ich«, entgegnete Jenny.

»Dann rief James an. James heißt eigentlich anders, aber ich kann mir seinen Namen nicht merken. Er ist Inder.«

»Isländer«, rutschte es Jenny raus.

»James aus Island rief an, während ich mir meinen zweiten Kaffee holte. Der erste schmeckte nicht. Die Maschine war zu laut, deshalb musste ich ihn bitten, alles nochmal zu wiederholen.«

Komm zum Punkt, dachte Jenny.

»Wir haben bei den Errungenschaften der Typgruppen 31, 41 und 71 Erfüllungsquoten von 72 Prozent! Zweiundsiebzig! Weißt du, was das heißt?«

»Bei den Leuten laufen die Orden-Drucker heiß?«

Der Boss grinste breit und winkte mit dem Flugzeugmagazin. »Die Verkaufszahlen fürs Spezialpapier für die Drucker sind großartig.« Sein Grinsen verschwand wie auf Knopfdruck. »Aber das meine ich nicht. Nein, du weißt, was ich meine, oder?«

»Wir brauchen mehr neue Errungenschaften. Denn wenn die Leute alle erfüllt haben, die wir haben, brauchen sie die App nicht mehr.« »Und das wäre mein Ende«, verkniff sie sich zu ergänzen.

»Mein Team ist großartig, alle denken mit und haben eine schnelle Auffassungsgabe!«

»Ich erfinde im Moment etwa zwanzig neue Errungenschaften pro Tag«, erklärte Jenny. »Die Hälfte fällt bei der Machbarkeitsprüfung der Technikabteilung durch.«

»Die besuche ich als Nächstes«, sagte der Boss. »Da ist noch Luft nach oben. Wie ein ... Heißluftballon, der gerade ...«

Jenny schüttelte den Kopf. »Die restlichen zehn Ideen blockiert das Balancing-Team, weil es ja sein könnte, dass sie manipulierbar sind.«

Der Boss hob den Zeigefinger. »Das darf man nicht unterschätzen. Ich erinnere an eine unserer ersten Errungenschaften: *Trage zehn verschiedene T-Shirts*. Die Leute sind in den nächsten Klamottenladen gegangen und haben Schaufensterpuppen fotografiert. Einerseits kann es uns egal sein, wenn sie dann im Handumdrehen ihren neuen Orden ausdrucken und letzten Endes mehr Papier kaufen müssen. Andererseits verfügen einige Leute über einen ausgeprägten Gerechtigkeitssinn, beziehungsweise behaupten das von sich, so dass die Support-Abteilung am Limit ist. Rein psychisch. Wegen der Beschimpfungen.«

»Ich hab's verstanden«, sagte Jenny und stützte das Kinn auf. »Meine Cousine arbeitet im Support. Ohne ihre Abo-Kiste Weißwein wäre sie längst in der Klapse.«

»Großartig, wie die Giveaways unserer Firma die Arbeitsmoral stärken«, freute sich der Boss. »Dann ist ja alles besprochen. Du erhöhst deinen Output um 50 Prozent – qualitativ oder quantitativ, ist mir egal - und alles bleibt so großartig, wie es ist.«

»Danke«, sagte Jenny tonlos. »Danke für dein Vertrauen.«

Der Boss ging rückwärts zur Tür, winkte, grinste, zwinkerte – und verschwand.

Jenny starrte ihm noch eine Weile hinterher, als würde er jeden Moment mit einem »Ach übrigens, eins habe ich noch vergessen ...« zurückkommen.

Langsam schüttelte Jenny den Kopf und drehte sich wieder zum Bildschirm.

Sie sah zur Uhr in der rechten oberen Ecke: 21:30 Uhr.

Jenny stöhnte. Sie hatte kein besonders großes Interesse daran, den Orden für »Drei Nächte in einer Woche gearbeitet« zu erwerben.

Vor allem aber fragte sie sich, wieso sie ihren Boss überhaupt in ihre Wohnung gelassen hatte.

– Anmerkung Tante –

Mein lieber Neffe. Es ist ja wirklich überaus nett von mir, dass ich dein Manuskript lese, damit du sichergehen kannst, dass es auch für die ältere Generation (älter? Ich? Na ja) geeignet ist. Aber was du mir hier auftischst, zieht im Vergleich zu jeder Vorabendserie den Kürzeren, und glaub mir, ich weiß, wovon ich rede.

Bloß für die billige Pointe (und wenn ich *billig* sage, meine ich *Sonderangebot! Nur heute! Greifen Sie zu!*), dass das Kapitel völlig überraschend nicht im Büro spielt, sondern in Jennys Wohnzimmer, führst du mich auf die falsche Fährte, indem du anfangs eine typische Büro-Atmosphäre aufbaust, inklusive vernachlässigter Bepflanzung.

Übrigens lässt sich so eine Pointe, die bloß funktioniert, weil du mir als Leserin eine wichtige Information vorenthältst, nicht verfilmen! Dabei meckerst du doch immer, dass Netflix und Prime total blöde Storys bringen und deine ständig ignorieren. Kein Wunder, wenn du es ihnen so schwer machst!

Ich werde dir dazu eine Geschichte erzählen. Sie ist nicht erfunden und hat sich nicht in irgendeiner deiner komischen Zukünfte zugetragen, sondern in der Vergangenheit.

Außerdem ist sie romantisch. Die Leute lieben romantische Geschichten! Liebe, Herzschmerz, schmachtende Blicke … Darüber musst du schreiben!

Also, es lebte einmal eine blonde Ärztin, der nichts wichtiger war als ihr Beruf, bis eines Tages ein attraktiver Mann, der fast keinen Bauchansatz hatte ... *(Der restliche Text fiel leider einem unerklärlichen Datenverlust zum Opfer)*

Anonyme Rezensension

**** (4/5 Sterne) Endlich eine App, die zur Rettung der Welt beiträgt. Eine App, die mehr bewirkt als alle NGOs, Satireparteien und Talkshows zusammen.

Ein Stern Abzug, denn ich kann die Herausforderung mit den bunten Fußnägeln nicht erfüllen, weil ich zu einer marginalisierten Gruppe gehöre, welcher der linke kleine Zeh fehlt.

Doro P., Aktivistin

Der Boss hatte ein besonderes Meeting einberufen. So »besonders«, dass es sogar Muffins mit veganem Käse gab. Derzeit suchte der Boss die Fernbedienung des Großbildschirms, der fast die ganze Stirnseite des Raums einnahm und vom Team in den Pausen genutzt wurde, um die neuesten Youtube-Videos von *AchieveIt*-Streamern zu begutachten.

Jenny, Clara, Wulf und der Rest des Teams platzierten sich auf Stühlen, Tischen und Fensterbänken. Anscheinend waren irgendwie sogar Ramin und Doc Schneider aus ihrem üblichen Homeoffice herbeizitiert worden. Ramin trug neuerdings einen Vollbart und Schneider eine Glatze. Jenny meinte, die zugehörigen Orden an den T-Shirts der beiden Projektleiter erkennen zu können.

Loyalität zur Firma oder Hingabe zur App – unklar.

Der Boss fand endlich die Fernbedienung hinter dem Bildschirm, fluchte ein paarmal und drückte energisch ein paar Knöpfe.

Auf dem Riesendisplay erschien eine Frau, in deren Gesicht eine pompöse Brille und ein breiter, tiefroter Lippenstiftmund um Dominanz rangen. Sie trug eine Militäruniform mit Orden, die wegen der niedrigen Auflösung der verwendeten Webcam nicht eindeutig *AchieveIt* zuzuordnen waren.

Der Boss ergriff das Wort: »Liebes Team, danke, dass ihr Zeit gefunden habt. Ich möchte euch jemanden vorstellen: Frau ... ähm.«

Jemand kicherte, aber es kam nicht vom Bildschirm.

»Das geht in Ordnung«, schnarrte die Frau mit erkennbar osteuropäischem Akzent.

»Frau Ähm also?«, brabbelte Doc Schneider, der in der Firma seit Menschengedenken für sein ruchloses Dazwischenquatschen berüchtigt war.

»Frau *M*«, korrigierte Frau M mit einer Stimme, die Doc Schneider in zwei Teile geschnitten hätte, wenn er nicht schnellstens den Kopf eingezogen hätte.

Der Boss ergriff das Wort: »Liebes Team, wir haben einen exklusiven speziellen Deal mit der Institution ausgehandelt, die Frau M vertritt. Dieser Deal gewährt uns erheblichen finanziellen Spielraum.«

Frau M lächelte bei dem Begriff »Institution« so marginal, wie es ihre schwere Brille zuließ, ohne herunterzufallen.

»Dabei«, fuhr der Boss fort, »ist die Rede von einem exklusiven speziellen Jahresbonus für das gesamte Team von *Live our Dream* in Höhe von, nun ja.«

Es wurde still, nur Doc Schneider flüsterte ein paar fiktive Zahlen, als könne er damit Reichtum heraufbeschwören.

»Der Bonus hängt von der Position ab und ist außerdem prozentual«, erklärte der Boss, »und muss noch mit unserem Steuerberater abgestimmt werden.« Er wedelte mit der Hand, als seien Steuerberater und Bonusempfänger lästige Fliegen. »Ich schicke dazu später noch eine Mail.«

Die osteuropäische Frau saß, wie Jenny zu erkennen glaubte, in einem Keller. Sie hatte zwar einen Hintergrund-Weichzeichner aktiviert, die Software kam mit ihrer tonnenförmigen Frisur jedoch nicht gut klar und bot ab und zu scharfe Einblicke in das Ambiente. An der Wand schienen mehrere identische Plakate zu hängen, deren Gestaltung Jenny irgendwie bekannt vorkam.

Der Boss hatte sich auf den vordersten Tisch gesetzt und schwenkte sein Smartphone. »Unsere Partner haben eine exklusive spezielle lokalisierte Lizenz für *AchieveIt* erworben. Wir werden eine eigene Version der App erstellen, exklusiv für das Heimatland unserer Partner und erweitert um einige besondere Errungenschaften.«

»Was denn für welche?«, rief Doc Schneider.

»Ach«, gab der Boss zurück, »ihr wisst schon. Besondere Errungenschaften eben. Die Spezifikation schicke ich per Mail rum.«

»Wir freuen uns über diese Zusammenarbeit«, erklärte Frau M ungefragt. »Über die Fortschritte werde ich mich beizeiten persönlich informieren.«

Die Übertragung endete abrupt.

»Sicher nur eine Störung«, sagte der Boss zu dem schwarzen Bildschirm.

Das Team wartete noch eine Viertelstunde, bis keine Muffins mehr da waren, gab es dann auf und machte sich wieder an die Arbeit.

»Das war inspirierend«, sagte Clara zu Jenny. »Muss dringend ein paar neue Orden designen.« Sie knallte ihre Bürotür zu, den anschließenden Weinkrampf hörte man trotzdem.

Jenny schielte zu einem Post-It neben ihrem Mauspad. »Mach 5x heimlich früher Feierabend.«

Natürlich hatte sowohl die Technikabteilung diese Idee verworfen als auch das Balancing-Team. Und zwar noch bevor der Boss ihr einen Vortrag über die Folgen unangemessener Arbeitsmoral für das nationale Wirtschaftswachstum gehalten hatte. An jenem Tag hatte Jenny den ersten Strich auf dem Post-It hinzugefügt. Dabei war es bisher geblieben.

Entschlossen griff sie nach ihrem Bleistift und fügte einen zweiten Strich hinzu. »Ihr könnt mich alle mal«, zischte sie Richtung Bildschirm, klappte den Laptop zu und stand auf.

Fast wäre sie umgekippt, weil ihr linker Fuß eingeschlafen war. Sie saß ganz gerne auf ihm drauf, wenn sie arbeitete. Gelegentlich spielte sie an ihren Zehen, das Kitzeln half bei der Ideenfindung.

Bildete Jenny sich ein.

Ideen waren wie Funken in dunkler Nacht. Manchmal entfachten sie ein Feuer. Manchmal wärmte das Feuer unterkühlte Leute. Manchmal verbrannte es Leute, die Regeln gebrochen hatten. Regeln, die andere Leute aufgestellt hatten. Leute wie Jennys Boss.

Sie schob ihr Smartphone in die Hosentasche und schlüpfte in ein Paar grellrote Sneakers. Sie machte, dass sie aus dem Büro kam, bevor sie es sich anders überlegen konnte. Sich selbst auszutricksen, war eine prima Überlebensstrategie, das hatte sie schon in ihrer Kindheit herausgefunden: Wenn sie sich oder den Rest der Welt mal wieder total blöd fand, versprach sie sich einfach selbst eine Belohnung für den Fall, wenn es ihr gelänge, fröhlich durch die Gegend zu hüpfen. Das tat sie dann, woraufhin sie sich in der Bude an der Ecke eine Tüte Lakritze kaufte.

So gesehen hatte sie als Gamification-Entwicklerin den perfekten Job: Bloß bestanden die Belohnungen in *AchieveIt* eben aus hübschen, kleinen Orden-Stickern, und sie wurden hauptsächlich von anderen Leuten errungen, nicht von ihr.

Wie sich herausstellte, fand in Jennys Lieblingsbar, dem Cool Place, gerade ein inoffizielles AchieveIt-Communitytreffen statt. Mit anderen Worten: Ein Rudel hauptsächlich junger, lauter Männer diskutierte über schon angeheftete und demnächst ganz sicher hinzu kommende Orden.

Orden waren wie Krypto-Coins der Seele. Ehre, die man anfassen und herumzeigen konnte. Auf den Kontostand kam es nicht an. Viele Millardäre besaßen deutlich weniger Orden als normale Leute auf der Straße. Die armen Tröpfe (die Milliardäre) kapierten so langsam, dass Geld nicht alles kaufen konnte. Firmen, Menschen, Luxusyachten – aber keine AchieveIt-Errungenschaften.

Genervte Milliardäre als Feinde zu wissen, war einer der Vorteile für die Mitarbeiter von *Live our Dream*.

Jenny bestellte am Tresen eine Fassbrause Mango und tat so, als verdienten die alten Konzertplakate an der Wand ihre ganze Aufmerksamkeit. Die User oder, wie der Boss sie nannte: EEE, Einnahmen erzeugende Einheiten, redeten laut genug, so dass Jenny ein wenig Feldforschung betreiben konnte.

»Iss zehn Superwürste von Tieregal?«, rief gerade ein Bartträger. »Die schmecken wie in Hühnerbrühe ertränkte Baumrinde, dieser Orden wird wohl nie meine Brust zieren!«

»Sind aber gesund«, gab der andere zurück.

Jenny grinste. Natürlich war die Wurst-Errungenschaft ein verdecktes Sponsoring. Streng gehütetes Betriebsgeheimnis. Nun ja, man konnte die Orden schlecht mit »Anzeige« kennzeichnen. Soweit Jenny wusste, hatte das Legal-Team von *Live our Dream* bisher alle Anschuldigungen in diese Richtung abgeschmettert. Eine weitere Abteilung, die regelmäßig Spitzenleistungen erreichte.

Nahrungsmittel-Errungenschaften waren so eine Sache. Einerseits gab es durchaus Orden, die gesunde Ernährung belohnten. Andererseits eigneten sich Essen und Trinken gut für Sponsoring. *Eine Wurst noch, dann hab ich den Orden … eine geht noch rein!* Sammelleidenschaft machte totale Gamification so zu barer Münze.

»6x nackt die Wohnung geputzt?«, kicherte der Bärtige. »Na ja, das ist nicht so schwer.«

»Du hast ja auch keine Ehefrau, die hinterher darüber schimpft, wie schludrig ...«

Der Mann unterbrach sich, weil er Jennys Blick aufgefangen hatte. Allerdings sprang nicht einmal ein Lächeln dabei heraus, er fühlte sich lediglich beobachtet. Schon gehörte seine gesamte Aufmerksamkeit wieder der Ordensammlung seiner Kollegen. Die seltensten Exemplare wurden fein säuberlich in Alben gesteckt und herumgereicht, der Rest klebte auf der Jacke, bis der billige Klebstoff den Geist aufgab und Platz für neue Orden freigab.

Natürlich bestand in keinem Moment die Gefahr, dass ein Kerl Jennys Blick als Einladung zum Flirten auffasste. Und wenn, dann wurde er nicht erwidert.

Jennys Spitzname lautete nicht ohne Grund »Schüssel«. Weil bekanntlich auf jeden Topf ein Deckel passt, aber Schüsseln üblicherweise ihr Leben lang offen herumstehen. Jennys Freundinnen, die ihr diesen Spitznamen verpasst hatten, waren genauso gemein wie treffsicher. Der Name passte, keine Frage. Daher ertrug Jenny ihn still und leidend.

Dabei wünschte sie sich so sehr einen Deckel. Einen *inspirierenden* Deckel. Der sie auf Ideen brachte. Frischen Wind in ihr Leben. Kribbeln, Geheimnisse und vielleicht sogar gelegentlich ein wenig funktionalen Sex.

Sie beschloss, dass sie allmählich lange genug gewartet hatte.

»Interessante Plakate, nicht wahr?«, sagte eine Stimme.

Um ein Haar fiel Jenny die Flasche aus der Hand. Denn die Stimme gehörte einem Mann. Einem *attraktiven* Mann, der *fast keinen Bauchansatz* hatte, einen coolen Pferdeschwanz trug und ein cooles Sakko über einem coolen Shirt, und … ach du meine Güte!

Jenny starrte jetzt lieber das Konzertplakat an, das direkt vor ihr hing, als hätte sie es noch nie gesehen. *Last Dark*, die Band, um die es ging, warb für ihre Musik mit einem riesigen, schwarzen Auge mit Ziegenpupille. »Ja«, sagte Jenny, und wich dem Blick des Mannes weiterhin aus. »Total starke Band!«, schob sie hinterher.

Sie konnte sich nicht erklären, warum ihr Herz spürbar klopfte, bloß weil ihr gerade ein attraktiver Unbekannter begegnete. Sie war doch keine Figur in einem Herzschmerz-Abendfilm!

Selbst wenn sie es wollte, konnte sie doch nicht auf den erstbesten attraktiven Mann ohne Bauch reinfallen, der sie in einer Bar anlächelte!

In diesem Moment drehte der Barkeeper die Musik lauter, als wäre er von einem anonymen Dating-Saboteur dafür bezahlt worden.

Der Mann näherte sich Jennys Ohr. »Mein Name ist Schmidt«, rief er hinein.

»Aha«, gab Jenny zurück.

»Gehen wir irgendwohin, wo es weniger laut ist?«

»Nicht, dass ich wüsste«, sagte Jenny. Sie spürte, dass ihr Smartphone vibrierte und zog es hervor. Vielleicht eine Nachricht, die sie als Vorwand benutzen konnte, um diese unangenehme Begegnung zu beenden.

Es war allerdings eine Nachricht von *AchieveIt*: »Du hast dich dem Nutzer Herr_Schmidt auf weniger als einen Meter genähert! Noch neun weitere solcher Annäherungen und du schaltest die Errungenschaft *Fast schon Haut an Haut (heterosexuell)* frei!«

»O nein«, murmelte Jenny.

Manchmal geschehen Dinge, die den Lauf von Geschichten ändern.

Manchmal sind es jedoch Dinge, die *nicht* geschehen, aber ähnliche Folgen haben. Wenn man es nur will.

Erstaunlicherweise fällt es den meisten Menschen deutlich schwerer, bedeutende Ereignisse zu erkennen, die *nicht* geschehen, als solche, die das tun. Es erfordert eine gewisse, besondere Form der Wahrnehmung. Wie jene einer Schüssel, der ein Deckel fehlt. Wer das Fehlen einer Sache mit physischen Schmerzen verbindet, ist für das Ausbleiben von Ereignissen sensibilisiert. Mehr jedenfalls als Leute, die ihr Leben als Actionfilm leben, in dem pro Tag mehr Dinge geschahen als die Uhr Zeiger hat.

Jenny erkannte, dass Herrn Schmidts App *nicht* reagierte. Mit anderen Worten: Er besaß den Orden »*Fast schon Haut an Haut (heterosexuell)*« bereits. Folglich war er mindestens zehn Frauen sehr nahe gekommen – wenn nicht viel, viel mehr.

Immer noch schied ein Teil ihres Hirns Gedanken aus, die sich wie »Baby machen jetzt!« und »Endlich der letzte erste Kuss« anfühlten. Aber sie wehrte sich gegen den narrativen Zwang der trivialen Lovestory, bot ihr ganzes Selbstbewusstsein auf und empfahl Herrn Schmidt nachdrücklich: »Sabber woanders, du Testosteron-Drüse auf drei Beinen!«

Jenny leerte im Gehen ihre Flasche, knallte sie auf die Theke und verließ den Laden.

Ihr waren gerade ein paar neue Herausforderungen eingefallen.

In der Vorlesung über experimentelle Kryptozoologie ist der Professor damit beschäftigt, einen entfleuchten Mini-Pegasus mit Zuckerwürfeln anzulocken, aber das Vieh sitzt zufrieden oben auf dem angeschalteten Beamer und genießt die warme Abluft des Lüfters.

»Das wird heute nichts mehr«, sagt Elena zu Jupiter.

Jupiter, ein großer Typ mit bunter Avantgarde-Frisur, heißt in Wirklichkeit natürlich anders, aber ich nenne ihn so, weil dauernd mondförmige Körper um ihn kreisen. Einer davon: Elena.

Ich kreuze ihre Umlaufbahn und setze mich so auf den Tisch, dass man meine Orden gut sehen kann.

»Hi«, sagt Elena zu mir. Sie trägt nur drei oder vier Orden an ihrer Strickjacke, kein Wunder, auf diesem Material halten die Dinger nicht besonders gut.

»Hi«, gebe ich zurück und zeige auf irgendeinen ihrer Orden. »Hast du den neu?«

Ja, zugegeben, keine besonders kreative Anmache. Aber sie funktioniert immer.

»Nee«, sagt Elena und zeigt auf einen anderen Orden. »Den hier habe ich gestern bekommen.«

Ich erkenne das charakteristische Muster auf dem Orden natürlich sofort. Denn bekanntlich kenne ich mich aus. »10 Sonntage nicht mit dem Auto Brötchen geholt«, sage ich.

»Du hast doch gar kein Auto«, sagt Jupiter. »Kennst du diese wandelnde Litfasssäule?«

Das kann ich mir natürlich nicht bieten lassen. »Auf Litfasssäulen kleben üblicherweise Werbeplakate, wohingegen meine Jacke verziert wird von ...«

»Dir ist schon klar, dass AIT eine werbefinanzierte App ist?«

Ich mag keine Typen, die weniger Ahnung haben, als sie behaupten. »Also«, seufze ich, »Gamification ist die Rettung der Welt, und dass dir das nicht klar ist, sieht man an den vielen Orden, die man nicht sieht. An deiner Brust. Ich gehöre nämlich zu jenen Leuten, die besonders genau sehen, was *nicht* da ist.«

»Das sagt mein kleiner Bruder auch immer«, wirft Elena ein.

»Siehst du!«, rufe ich Jupiter triumphierend zu.

»Ich hasse meinen kleinen Bruder«, sagt Elena. »Er heißt Marküsschen.«

»Du hast ja keine Ahnung, weder von Kosenamen noch von der Rettung dieses Planeten«, sage ich. »Es ist doch allgemein bekannt, dass Millionen Gamer in zig Spielen die Welt gerettet haben – oder mehrere. Sie haben Monster vernichtet, Prinzessinnen gerettet und ...«

»Und Prinzen«, sagt Elena.

»Ja, genau. Und AIT funktioniert genauso. Nur in echt.«

Der Professor ist endlich auf die Idee gekommen, den Beamer abzuschalten. Der Pegasus wiehert eine melancholische Melodie, gleitet von seinem Lieblingsplatz hinunter und versucht, auf der Schulter des Professors zu landen. Dabei klatscht er ihm einen Flügel ins Gesicht und schlägt ihn KO.

Jupiter läuft sofort los. »Meine Güte! So helft ihm doch!«

Elena sieht ihm kopfschüttelnd nach, dann baut sie sich vor mir auf und bohrt mir ihren Zeigefinger in die Brust. »Du kannst die Welt nicht retten, indem du Orden verteilst für Herausforderungen wie: *Fahre 111 km mit dem Rad* oder *Fang zehn Monate in Folge keinen Krieg an.*«

»Doch. Es hat nur noch niemand ernsthaft probiert. Den Radfahrer-Orden sehe ich sehr deutlich auf deiner Brust kleben, die CO2-Einsparung ist in der Summe mehr als relevant ...«

Elena schließt die Augen. »Es ist ein Spiel, die Herausforderungen werden nicht von einer Ethikkommission erfunden, sondern von irgendwelchen Gamedesignern!«

»Irgendwelche?« Ein Sakrileg, fast fahre ich aus der Haut. »AIT funktioniert, das ist doch offensichtlich!«

Nun ja. Ich bin sicher, dass ich sehr überzeugend bin und sie mir am Ende uneingeschränkt zugestimmt hätte. Leider meldet sich in diesem Moment AIT mit einer Meldung: »Du hast dich der Nutzerin Elena_23a auf weniger als einen Meter genähert! Noch acht weitere solcher Annäherungen und du schaltest die Errungenschaft *Fast schon Haut an Haut (heterosexuell)* frei!«

Elena bekommt einen roten Kopf und rückt einen Platz von mir fort. »Was zu beweisen war«, sagt sie zum Abschied. Sie stürzt damit endgültig in Jupiters Schwerefeld. Eine weitere verlorene Seele.

Unten im Hörsaal versucht der Pegasus, aus dem Skript des Professors ein Nest zu bauen. Der Professor beendet die Vorlesung »aus technischen Gründen«, und die Studierenden lachen sich halb tot.

Bei fast allen von ihnen klingelt AchieveIt, auch bei mir: »*Jeder Tag, an dem du nicht lachst, ist ein verlorener Tag! Lache an 99 weiteren, aufeinanderfolgenden Tagen mindestens einmal, und du schaltest die äußerst seltene Charlie-Chaplin-Errungenschaft frei!*«

Anonyme Rezensension

**** (4/5 Sterne) Seit meine Tochter *AchieveIt* aktiv benutzt, kommt sie nicht mehr jeden Tag mit einer neuen Frisur, Schminktechnik oder Freund nach Hause. Das ist schön, aber solange es keine Herausforderungen im Bereich Zahnpflege gibt, leider ein Stern Abzug.

Dr. E., Zahnarzt

Anmerkung Alter Freund

Der Pegasus hat mich jetzt aber irritiert. Von Fantasy stand nichts im Klappentext. Wolltest Du nur prüfen, ob ich aufmerksam lese? Tu ich! Also, schmeiß das raus! Mini-Pegasi haben in SF-Romanen genausowenig zu suchen wie Hexen, Vampire oder … warte …

Kann es sein, dass Hieronymus nicht besonders vertrauenswürdig ist? Dass man nicht alles glauben sollte, was er von sich gibt? Muss er vielleicht eine Errungenschaft erfüllen wie »3x Leute mit erfundenen Geschichten reingelegt«?

Ha! Ich liebe es, wie sich das alles von selbst erklärt, wenn man nur die Gaming-Prämisse der Geschichte ernst nimmt. Das alles ist ein Spiel! Ein Spiel der Figuren mit uns Lesern. Da kann man sich ja noch auf einiges gefasst machen …

Sag mal, programmierst du auch die App zum Roman? Würde sicher ein Hit werden. Ich seh die Leute schon Schlange stehen vor meinem Laden, in dem ich das Spezialpapier für die Ordendrucker verkaufe.

»Nimm fünf, bezahl vier!«

»Jetzt mit besonders haltbarem Glanz, übersteht auch die Waschmaschine, falls du mal vergisst, deine Orden vorher von der Jacke zu knibbeln.«

So eine App programmierst du doch mit links! Vielleicht willst Du mit diesem Buch auch nur eruieren, wie groß das Interesse in der Bevölkerung ist? Ab 1000 Leseranfragen der Sorte »Finde die App leider nicht im Play Store, was mache ich falsch?« weißt du, dass es sich lohnen wird.

Guter Trick übrigens, wie du dafür gesorgt hast, dass die weibliche Hauptfigur nicht als schwaches Dummchen rüberkommt: Sie übt einen typischen Männerberuf aus, hat typische Männerhobbys (Magazine über Flugzeuge und Rennwagen! Das ist ja fast schon Product Placement!) und lehnt die Einladung zum Geschlechtsverkehr brüsk ab. Nebenbei: Müssen eigentlich alle weiblichen Hauptfiguren stark sein und alle männlichen schwach, weil du als Autor sonst Macho genannt wirst?

Aber, mal im Ernst: Wird das etwa noch eine Lovestory? Von dergleichen hast du doch keine Ahnung. Überlass das lieber den Autorinnen, die für Reihen wie »Waldrand der Verführung«, »Seufzen im Honigtopf« oder »Das mysteriöse Geheimnis des Königs in der Kiste« bekannt sind.

Am Ende passt auf die Schüssel doch noch ein Deckel! Oder ein Löffel hinein. Warte … das sollte nicht so klingen, wie es klang.

Ich kenn dich doch, du hältst für den Schluss eine total beknackte Wendung parat, die du total witzig findest aber leider sonst keiner.

Na gut, musst du jetzt nicht verraten. Ich lese natürlich weiter. Obwohl ich gerade fast eingeschlafen wäre. Beim Wort »Ethikkommission«. Vielleicht denkst Du da nochmal drüber nach.

Nur so als Tipp von einem alten Freund.

Jennys Kollege Wulf war für die technische Umsetzung ihrer Ideen verantwortlich und hatte vor ein paar Tagen per Rundmail die Einrichtung einer firmeninternen Ethikkommission angeregt. Nur Clara hatte sich freiwillig gemeldet, aber mehr Verantwortung als jene einer stellvertretenden Protokollführerin war ihr dann doch des Guten zuviel gewesen. Der Erfolg der Aktion ähnelte daher jenem einer Demokratie-Demo vor dem Geheimdienst-Hauptquartier einer Militärdiktatur.

Wenn Jenny Wulfs Büro betrat, schaute er dementsprechend immer ohne jede Verzögerung wie ein Dissident drein, der zur Hinrichtung abgeholt wird. Jenny war sich relativ sicher, dass dieser Gesichtsausdruck schneller erschien als das Licht, sie konnte es bloß nicht beweisen.

Nichts im Universum ist schneller als Verdruss.

»Hör zu«, sagte Wulf leise zu seiner Kaffeetasse, »wenn du ihr ins Gesicht springst, spendiere ich dir eine Runde in der Spülmaschine.«

Jenny verschränkte die Arme vor der Brust. »Es ist zehn Uhr. Was hast Du heute schon geschafft, außer drei Tassen Kaffee?«

Wulf zuckte mit den Schultern und hielt sein Handy hoch. »Drei neue Matches bei Tinder. Sind aber alles Nulpen.«

»Die Glücklichen. Und wie läuft's so ... programmiermäßig?«

»Wenn du's wissen willst ...« Wulf stöhnte wie ein talentfreier Schauspielschüler in einer Hinrichtungsszene und legte eine Pause ein. Womöglich hoffte er auf ein »Nein«, aber als das nicht kam, ergab er sich in sein Schicksal.

»Hier«, sagte er und zeigte auf den linken seiner drei Bildschirme, »77x Menschen bei Diskussionen ausreden lassen. Das kommt aus dem Publikumsvoting.«

»Und es funktioniert?«

»Es zählt vermutlich auch, wenn der Typ im Bett rhythmisch stöhnt und du nicht mittendrin anfängst, von deinem letzten Liebhaber zu erzählen, sondern wartest, bis er fertig ist.«

»Kann ich notfalls mit leben«, sagte Jenny dünnlippig.

»Außerdem neu und brandheiß im Angebot: 3x an einer demokratischen Wahl teilgenommen.«

»Ach ja«, sagte Jenny. »Das war die Sache mit dem Politiker, der uns mit *ernsten Konsequenzen* gedroht hat, sollten wir die nächste Wahl mit unserer App beeinflussen. So sorgen wir nur für eine höhere Wahlbeteiligung. Theoretisch.«

»Garantiert«, brummte Wulf. »Der Haken an der Sache ist, dass man ein Selfie vom Abgeben der Stimme im Wahllokal machen muss. Die Wahlbeobachter könnten not amused sein.« Er räusperte sich. »Außerdem wird diese Errungenschaft in der exklusiven Spezialversion fehlen.«

»Wir praktisch für dich – weniger Arbeit«, versetzte Jenny.

Wulf warf ihr einen angriffslustigen Blick zu. »Justier mal deinen Moralkompass. Ist noch nicht bis zu dir vorgedrungen, wer diese Frau M tatsächlich ist?«

Jenny hätte zugeben können, dass sie in letzter Zeit mehr an Herrn Schmidt als an Frau M gedacht hatte oder dass das eine der Grund für das andere war. Stattdessen beschränkte sie sich auf ein Geräusch, das in Grunzsprache in etwa bedeutete: »Fahr einfach fort, dann ist es für mich weniger peinlich.«

»Diese sogenannte Frau M ist Internet-Ministerin der Regierung jenes osteuropäischen Landes, in dem kürzlich eine Partei mit dem wohlklingenden Namen *Diktatur statt Demokratie* die absolute Mehrheit errungen hat. Und zwar bei anscheinend freien und fairen Wahlen. Du verfolgst doch die Nachrichten, oder?«

Das tat Jenny, aber sie fand die Werbespots davor und danach meist erfreulicher. Verdrängung war eine wichtige Strategie gegen Depressionen. »Der Akzent kam mir gleich verdächtig vor.« Sie setzte sich auf den Besucherstuhl, nachdem sie eine leere Colabierdose von der Sitzfläche entfernt hatte.

»Und du hast kein Problem damit, dass wir diese Regierung dabei unterstützen, na ja, was sie wohl so vorhaben?«

»Ich wollte nicht mit dir über Moral diskutieren.«

Wulf wandte sich wieder an seine Kaffeetasse: »Immerhin hat sie nicht auf den Jahresbonus hingewiesen, das muss man ihr zugute halten, nicht wahr, mein Schatz?«

»Du nennst deine Kaffeetasse ... Schatz? Wie Gollum den Ring?«

Wulf hob den Zeigefinger. »Keine falschen Schlussfolgerungen!«

»Das ist auch eine passende Antwort auf deine unausgesprochene Unterstellung«, fand Jenny.

»Ich kann sie auch aussprechen«, brummte Wulf. »Wir unterstützen aktiv den Aufbau einer Diktatur. Mit Errungenschaften wie: Bewirf Kiosks, die noch freie Presse verkaufen dreimal mit Tomaten, hänge sechs Tage in Folge die Fahne der Partei aus dem Fenster oder verrate neun demokratische Kollaborateure an die Geheimpolizei.«

»Das ist doch Unsinn.«

Wulf zeigte auf den Bildschirm. »Dann lies mal die Mail mit den Änderungswünschen für die exklusive Spezial-Version.«

»Mache ich«, sagte Jenny, »später. Erst muss ich dir *meine* neuen Errungenschaften vorstellen.« Aus ihrer Hosentasche fischte sie bunte Post-Its, die sich hoffnungslos verklebt hatten und wie platt gepresste Rifffische aussahen. »Wie sieht's aus mit: 999x nach dem Toilettengang die Hände gewaschen?«

»Ach du meine Güte, immer diese Gutmenschen-Errungenschaften. Das macht doch keinen Spaß.« Aus Wulfs Stimme tropfte Bitterkeit, ätzte sich durch den Fußboden und verseuchte die städtische Kanalisation.

Jenny ignorierte den Einwand, stand auf und klebte das fragliche Post-It mitten auf Wulfs rechten Bildschirm, der gerade eine Sportwetten-Webseite zeigte.

»5x ein Buch von Uwe Post gelobt«, las Jenny das nächste vor.

»Wer soll das denn sein?«, fragte Wulf. »Nie gehört.«

»Ich ...« Jenny las das Post-It noch einmal. »Ich auch nicht. Kann mich gerade nicht erinnern, dass ich das ...« Sie drehte das Post-It hin und her. »Das ist nicht meine Schrift!«

Wulf grinste. »Schmeiß weg. Hast du nix Lustiges? Sowas wie nackig die Wohnung putzen oder auf Socken zur Arbeit gehen?«

»13x fremde Hundehaufen aufheben und entsorgen«, sagte Jenny unzufrieden.

»Scheiße!«, rief Wulf, dann zögerte er. »Der ist gut«, sagte er und zielte mit dem Zeigefinger auf Jenny. »Der ist sogar *sehr* gut.«

»Danke«, sagte Jenny unsicher. Gut möglich, dass Wulf versuchte, sie zu verarschen.

»Technisch können wir bei einem hochgeladenen Foto nicht unterscheiden, ob es sich um die Kacke des eigenen oder eines fremden Köters handelt.«

»Es hat aber längst nicht jeder einen eigenen Hund. Den meisten Leuten würde also gar nichts anderes übrig bleiben, als ...«

»Streng genommen brauchen wir ein Video als Beleg. Bandbreitenmäßig ...« Wulfs Gesichtsausdruck verwandelte sich in das Antlitz eines sehr beschäftigten Taschenrechners.

Jenny grinste. Wenn sie sich jetzt leise hinaus schlich, standen die Chancen gut, dass sie ihre neue Herausforderung implementiert bekam und keine weiteren Vorträge zum Thema Moral und Politik verdrängen musste.

Sie brauchte dringend noch mehr Errungenschaften dieser Art. Herr Schmidt war gerade eine Art Ölfilm auf der Straße, über den sie von Idee zu Idee schlitterte. Bis irgendwann eine Kurve kam.

Erst einmal aber führte die Straße geradeaus. Denn als Jenny nach Feierabend zuhause ankam, fand sie einen Brief ohne Absender vor.

Anonyme Rezension

* (1/5 Sterne) Funktioniert leider überhaupt nicht auf meinem Solar-Taschenrechner aus Nordkorea. Ein Stern, weil meine Enkeltochter sagt, sie hätte ihren Freund dank *AchieveIt* kennengelernt. Glaube ihr aber kein Wort.

E. Langsaal, Rentner

Jenny holte tief Luft, dann betrat sie das Büro, in das die Teamassistentin sie geschickt hatte. »Hallo«, sagte sie, »ich bin Jenny. Die Neue. Ich soll mich hier melden, um ...«

»Hast du das Formular dabei?«, unterbrach sie ein stämmiger Bartträger, der eine Kaffeetasse umklammerte, die seit Jahrzehnten keine Spülmaschine von innen gesehen hatte. Die Aufschrift »Wulf« war teils durch Kaffeereste verdeckt, so dass der Name des Besitzers ebenso Wolf oder Ralf hätte lauten können.

»Welches Formular?«

Wulf oder Wolf oder Rolf verdrehte die Augen, als sei er aufgefordert worden, einem Taschenrechner das kleine Einmaleins beizubringen. »Formular A38«, gab er zurück. »Welches denn sonst?«

Das fragte sich Jenny auch.

»Wo finde ich das?«

Wulf stellte seine Tasse weg und flüsterte ihr zu: »Das riecht nach Überstunden.«

»Tut mir leid«, antwortete Jenny an Stelle der Tasse.

»Für dich«, präzisierte Wulf. »Hör zu, *Die Neue,* wenn du Formular A38 nicht bis 15:59 Uhr abgeliefert hast, haben wir alle ein Problem. Und mit *alle* meine ich den relevanten Teil der Weltbevölkerung.«

Jenny überlegte. Es war keine Option, klein beizugeben. Sie hatte einige Schwächen, ja, aber Duckmäusertum gehörte nicht dazu. »Der relevante Teil der Weltbevölkerung besteht für erstaunlich viele Personen nur aus sich selbst«, versetzte sie. »Wo finde ich das fragliche Formular?«

Wulf sah sie lange an. »In einem Asterix-Comic.« Er schüttelte den Kopf und zeigte auf ihr Obelix-T-Shirt. »Wer hat dich eingestellt? Eine KI, die das Tragen von solchen Oberteilen für nerdig hält?«

»In dem Comic geht es um einen Passierschein, nicht um ein Formular«, sagte Jenny mit einer wohldosierten, nichtletalen Prise Gift in der Stimme.

»1:0 für Obelix«, stellte Wulf trocken fest. Er nahm einen Schluck Kaffee. Dann stellte er seine Tasse ab und tippte ein paar Worte in ein Chatfenster seines PCs: »Ich brauche Verstärkung.«

Jenny verschränkte die Arme vor Obelix' beflügeltem Helm. Sekunden später tauchte eine in ein unauffälliges, blaues Kleid gewandete Brillenträgerin hinter ihr auf, lächelte, als könne sie nicht anders, und hauchte: »Hallo. Clara. Wulf hat mich herbeizitiert, um dich zu ärgern. Mach ich nicht, keine Sorge. Also, zumindest *noch* nicht.«

»Hi, Clara«, sagte Jenny und hielt ihr die Hand hin. »Ich bin Jenny, die Neue, und ich suche verzweifelt nach Formular 38A.«

»Dann bist du hier richtig«, gab Clara zurück. »Wir sind Experten für seltene bis unmögliche Errungenschaften.«

»Ich weiß«, sagte Jenny und wackelte mit dem Kopf. »Alle meine Freunde verwenden *AchieveIt* und laden mich dazu ein.«

»Weil sie die entsprechende Errungenschaft mit dem zugehörigen Orden wollen«, sagte Clara. »Wo hast du vorher gearbeitet?«

»Steuersoftware«, gab Jenny einsilbig zurück.

»Programmiererfolter, gehört geächtet«, meldete sich Wulf wieder zu Wort. »Dann ist sogar diese Firma eine Verbesserung für dich.«

Clara schnaubte. »Arbeitest du an der Errungenschaft *Miesmacher für Fortgeschrittene*?«

»Schon möglich«, brummte Wulf. »Wenn ihr mich endlich in Ruhe lasst.«

»Ich vermute«, sagte Clara an Jenny gewandt, »dass du mit deiner Steuersoftware nicht allzu viel Spaß hattest?«

Jenny zuckte mit den Schultern. »Wer einen Fetisch für Grundschulmathematik, Paragraphen oder Formulare hat, ist da genau richtig.«

»Apropos«, sagte Wulf. »Was ist jetzt mit Formular 38A?«

Jenny seufzte statt einer Antwort.

»Keine Sorge«, sagte Clara und nickte mit dem Kopf in Richtung Wulf. »Wenn man ihn besser kennt, ist er ganz cool. Man ignoriert die blöden Sprüche am besten und kommt schnell wieder zum Kern der Sache zurück. Wulf ist einer unserer besten Programmierer. Er sorgt für die Erkennung der Errungenschafts-Bedingungen.«

»Und du?«

»Ich bin Designerin. Zuständig für die ganzen, hübschen Orden.«

»Cool«, sagte Jenny. »Und ich soll vor allem neue Herausforderungen erfinden, zu denen du dann die Orden entwerfen darfst. Dann kann der Spaß ja losgehen!«

Gespielt mühevoll stemmte sich Wulf aus seinem Sessel. »Wie gesagt, Überstunden. Mitkommen. Alternativlos.«

Wie sich herausstellte, existierte in der Cafeteria der Firma ein Gaming-PC im Besenschrank. Ursprünglich angeschafft, um die Belegschaft bei Laune zu halten, diente er laut Wulf neuerdings dazu, neue Kolleginnen auf Kompatiblität zu testen.

»Das erste Pflichtspiel ist *Hearthstone*«, erklärte Wulf, nachdem er das Gerät an den Bildschirm angeschlossen hatte, der normalerweise Imagevideos von *AchieveIt* in Endlosschleife zeigte.

»Kenn ich«, behauptete Jenny. Tatsächlich jedoch beschränkten sich ihre Kenntnisse auf ein paar Werbevideos, die ihr irgendwann mal untergekommen waren. Hearthstone war eine Art Sammelkartenspiel, in dem man »Diener« wie Goblins oder andere Fantasiewesen in einer virtuellen Arena gegen echte oder softwaregesteuerte Gegner antreten ließ. Allzu viel Geschick erforderte es für Jenny nicht, so zu tun, als beherrsche sie das Spielprinzip. Erstens gelang es ihr, an den richtigen Stellen zu lachen (jeder Diener gab einen lustigen Spruch von sich, wenn er die Arena betrat), und zweitens stellten sich die Karten in Wulfs schon länger nicht mehr bespielten Account als hoffnungslos unterklassig heraus, sobald ein etwas stärkerer Gegner auftauchte.

»Katastrophal«, brummte Wulf endlich. »Du verlierst ja jedes Spiel.«

»Ihre Karten sind ja auch Schrott«, sagte Clara. »Besser gesagt: *deine* Karten. Wir sollten ein anderes Spiel probieren.«

Als nächstes musste Jenny mehrere Level in *Portal 2* lösen. In diesem Spiel verfügte die Hauptfigur über ein Gewehr, mit dem sie Portale in Wände schießen konnte. Ein blaues oder ein oranges. Trat man durch das eine hindurch, kam man aus dem anderen wieder heraus. Auf diese Weise musste man gemeine Level mit ätzenden Teichen und schießwütigen Bots durchqueren. Glücklicherweise kam Jenny ziemlich schnell darauf, dass man bisweilen auch Portale in Decke oder Fußboden schießen musste.

»Beeindruckend«, sagte Clara, nachdem Jenny fünf Level in einer knappen Dreiviertelstunde gelöst hatte, während Wulf bei jeder Gelegenheit abfällig geschnaubt hatte. Sogar, wenn Jenny die richtigen Portale schoss.

Weitere fünf Level später hatte Wulf genug gesehen. Inzwischen war der Abend fortgeschritten und Clara hatte Pizza kommen lassen und Wulfs Biervorrat geplündert.

»Also gut«, sagte Wulf und nahm einen tiefen Schluck Red Ale. Er unterdrückte einen Rülpser. »Sagen wir: Eine Chance hast du noch.«

Clara schüttelte den Kopf. »Lass sie doch in Ruhe. Sie ist ...«

»Im Gegenteil«, schnitt ihr Wulf das Wort ab. »In dieser Firma muss nicht nur das Maximum geleistet werden. Das Privatleben bleibt außen vor und acht bis zehn Stunden am Tag gehörst du einer Firma, die das Spielen zum Lebenszweck erhebt.«

»Na, wenn du das sagst ...« Clara stand seufzend auf. »Ich geh mal aufs Klo, um den Rest des Vortrags zu versäumen. Sorry, Jenny, aber ich pinkel gerne alleine.«

Jenny, die Anstalten gemacht hatte, aufzustehen, blieb verdrossen sitzen. »Also gut«, brummte sie, als Clara den Raum verlassen hatte und Wulf das nächste Spiel aussuchte. »Ich verstehe das etwas anders.«

»Hä?«, machte Wulf, ohne den Blick vom Bildschirm zu wenden.

»Herausforderungen gibt es in Spielen, ja, du kannst Medaillen erringen für 100 getötete Zombies oder für das Lösen einer bestimmten Mission.«

»Genau. Und?«

»Eigentlich ergibt das in der Spielewelt selbst keinen Sinn. Ob ich nun 99, 100 oder 101 Zombies in den Dungeons von Himmelsrand getötet habe, ist komplett egal. Wichtig ist, dass ich noch lebe, und dass ich die Welt vor der Bedrohung durch die Drachen bewahre.«

Wulf hob eine Augenbraue. »Und doch ...«

»Errungenschaften«, schob Jenny hinterher, »sind Meta-Spiele. Ein Spiel ums Spiel herum. Sie sind beliebt, weil sie immer gleich funktionieren und leicht verständlich sind. Bei euch Männern aktiviert das System eure Sammelleidenschaft.«

»Pff«, machte Wulf und setzte zu einer Entgegnung an.

Jenny erstickte die Widerrede im Keim. »99 Prozent aller Briefmarkensammler sind männlich. 95 Prozent aller Sammelkartenspieler ebenfalls.«

»Aber AchieveIt hat 50 Prozent Frauenquote«, sagte Clara, die gerade wieder hereinkam und die letzte Anmerkung gehört hatte.

»Bei Frauen funktioniert das über das Stolz-und-Glamour-Gen.« Jenny drehte sich zu Clara um. »Deine Orden kann man nicht nur sammeln, sie sehen auch sehr schön aus.«

»Brauchbare Theorie«, sagte Clara. »Und das um diese Uhrzeit.« Zu Wulf gewandt, ergänzte sie: »Scheint eine Kämpferin zu sein, die Neue.«

»Werden wir jetzt ja sehen«, zischte Wulf und schwenkte ein Gamepad. »Die Clara, die ist eine Lara. Du auch?«

Zuerst begriff Jenny nicht, was der Programmierer meinte. Dann sah sie, welches Spiel er gestartet hatte. Mit einem diebischen Grinsen nahm sie den Controller entgegen.

Ich verstehe und bewundere die Macher von AIT so sehr! Sie überraschen mich immer wieder mit ethisch einwandfreien Errungenschaften, die mir das Gefühl geben, auf der hellen Seite der Macht zu stehen. Ja! Ich bin ein Kämpfer für das Licht!

Ich hole noch einmal tief Luft, dann greife ich mit dem Kackbeutel nach dem Köterkot.

Es ist ein Haufen von beträchtlicher Größe, liegt sicher nicht ganz zufällig in der Nähe des örtlichen Kindergartens mitten auf dem Gehweg und hat die Konsistenz von Kartoffelpürree, den man einen halben Tag im Topf vergessen hat.

Mit der anderen Hand halte ich das Handy und filme sorgfältig den Aufhebevorgang, wie in der Detailbeschreibung der Errungenschaft erklärt. Es wäre wirklich ärgerlich, wenn es wegen einer Kleinigkeit nicht zählen würde. Normalerweise passiert mir so etwas nicht. Denn ich kenne mich aus.

Natürlich habe ich vorher mit einer anderen App auf den Meter genau nachgemessen, wo sich der nächstgelegene Mülleimer befindet.

Ich richte mich auf und halte die Scheißtüte so weit von mir weg wie möglich.

In sicherer Entfernung steht ein älterer Herr mit einem Hund.

»Hi«, sagt er.

»Ist das Ihrer?«, gebe ich zurück.

Der Mann scheint nicht genau zu wissen, ob ich den Inhalt des Kackbeutels oder sein Haustier meine.

»Sie haben keinen Hund«, stellt er fest.

»Doch, doch«, sage ich und winke mit dem Handy. »Mehrere sogar, in verschiedenen Game-Apps. Einer ist rosa. Eine meine ich natürlich. Sie ist eine getarnte magische Waffe vom Planeten Eternia.«

Der Mann bewegt so langsam den Kopf auf und ab, dass mir das Verb »nicken« unpassend erscheint. »Es ist ganz wichtig, Gefährten zu haben«, verkündet Herrchen im Tonfall eines Predigers.

AIT bimmelt und bestätigt den Fortschritt der Errungenschaft. Da kommt mir eine Idee.

Mit ausgesuchter Freundlichkeit frage ich den älteren Herrn: »Sagen Sie, muss Ihr Hund nicht vielleicht gerade kacken?«

Der Mann zögert. Dann dreht er sich auf dem Absatz um und stürmt mit seinem hechelnden Gefährten im Schlepptau hinfort, als hätte ich ihm mich gerade als zoophil geoutet.

Mist. Natürlich hätte ich noch eine leere Backup-Kacktüte in der Hosentasche gehabt. Zwei fremde Haufen bei nur einem Spaziergang zu entsorgen, wäre wirklich effizient gewesen. Aber man kann die Leute nicht zu meinem Glück zwingen.

Ich prüfe, ob alle meine Orden noch an Ort und Stelle kleben, bevor ich mich auf den Weg zum Mülleimer mache.

Es sollten einfach noch viel mehr Leute AIT benutzen, denn wenn alles ein Spiel wäre, wäre das Leben nicht mehr so ernst. Alle Leute könnten fröhlicher sein. Sie müssten nicht so griesgrämig herumlaufen, sondern könnten stolz mit vor Orden glänzender Brust ihre Leistungen für die Gesellschaft feiern.

Wir brauchen einfach mehr Mut zur Utopie! Was soll denn verkehrt daran sein, die Welt zu einem Spielplatz zu machen, auf dem jeder dauernd das Richtige tut und dafür eine angemessene Belohnung erhält?

Wir haben es jetzt Jahrhunderte mit Androhung von Strafe versucht – Gefängnis, Galgen, Fegefeuer.

Nutzen wir doch die moderne Technik für eine Kehrtwendung, für ein echtes Belohnungssystem, denn das ganze Leben ist ein Spiel, und wir alle können Sieger sein!

Fragt mich und die anderen Experten der AchieveIt-Community, wir kennen den richtigen Weg, wir kennen uns aus!

Anmerkung Tante

Also, mein lieber Neffe, das ist ja wirklich sehr fantasievoll, was du dir so alles ausdenkst, aber leider ist es auch total bescheuert.

Ich werd' dir jetzt mal was erklären.

Menschen mögen es nicht, wenn andere Menschen Gutes tun. Dann kriegen sie nämlich ein schlechtes Gewissen, weil sie selbst gerade nur faulenzen oder vor ein paar Minuten ein herumliegendes Bonbonpapier nicht vom Boden aufgeklaubt haben. Selbst wenn ich gestern einem Rollstuhlfahrer in die Regionalbahn geholfen und vorgestern für Amnesty gespendet habe – wenn mir heute jemand erzählt, dass er jetzt Solarzellen auf dem Dach hat und E-Auto fährt, dann nenne ich ihn einen »ekelhaften Gutmenschen« und halte ihm vor, dass er bis vor 30 Jahren noch Fleisch gegessen hat, dieser Heuchler, einfach nur, damit ich mich nicht wie ein Stück Scheiße fühlen muss, das gleich von irgendjemandem mit einer Tüte aufgesammelt und in einen Mülleimer geschmissen wird.

Ja, so sind wir Menschen, wir vergleichen uns ständig mit anderen, und wenn die toller sind als wir, machen wir sie fertig, damit wir toller sind als sie und uns dementsprechend besser fühlen. Ausgenommen natürlich die Freunde und Familie, das ist was anderes. Wir sind ja soziale Wesen – und asozial zu allen, die nicht irgendwie zu uns gehören.

Ich hoffe, du findest es nicht asozial, wenn ich ab jetzt nur noch so tue, als würde ich dein Buch weiterlesen. Ich werde gerne noch in ein paar zufälligen Seiten Eselsohren hinterlassen (so markiere ich die besonders bescheuerten Stellen) und hinterher eine Fünf-Sterne-Bewertung auf Amazon abgeben, die mit der Wirklichkeit nichts zu tun hat, das ist ja wohl so üblich. Aber erwarte nicht, dass ich meinen Freundinnen das Buch empfehle.

So asozial bin ich nicht.

Jenny hatte ziemlich lange nachgedacht, bevor sie den Brief von Herrn Schmidt geöffnet hatte.

Ungefähr drei Minuten.

Dann kam, sah und siegte die Neugier.

Denn offensichtlich kannte Schmidt ihre Adresse. Er war sogar persönlich da gewesen, denn der Brief lehnte an ihrer Wohnungstür, als sie heim gekommen war, per Hand beschriftet und ohne Marke.

Jenny riss den Umschlag auf, zog ein einzelnes Blatt Papier hervor und kratzte sich am Kopf.

»Soll das 'ne Geheimschrift sein?«, wunderte sie sich, denn der Bogen war mit Buchstabenkolonnen bedruckt, die keinerlei Sinn ergaben.

»Das ist doch total bescheuert!«, sagte sie und trieb damit den Zähler für das am häufigsten vorkommende Adjektiv in diesem Buch weiter nach oben.

Sie griff zu dem Umschlag und drehte ihn in den Händen. Dabei fiel ihr ein blasser QR-Code auf der Innenseite auf. Seufzend fischte sie ihr Phone aus der Hosentasche und scannte den Code.

»Herausforderung gelöst«, stand da, gefolgt von einer Telefonnummer.

Jenny legte Umschlag und Handy auf die Anrichte. Probierte Herr Schmidt eine Konkurrenz-App an ihr aus oder war er einfach nur verrückt?

Es gab nur einen Weg, das herauszufinden, und der versprach nicht allzu erfreulich zu werden.

Jenny seufzte erneut, dann wählte sie die geheimnisvolle Nummer und stellte auf Freisprechen.

»Agent Pferd-As«, meldete sich jemand mit auffällig verstellter Stimme.

»Schmidt, sind Sie das?«, fragte Jenny belustigt.

»Psst, das ist doch geheim!«

»Nennen Sie mir einen guten Grund, warum ich nicht auflegen und Ihre Nummer blockieren sollte.«

»Ich bin witzig und der wirkungsvollste Verdrängungsmechanismus seit der Erfindung von Netflix.«

Jenny musste lachen, aber sie verkniff es sich wie ein Fürzchen beim Abendessen. »Lol«, gab sie endlich zurück. »Was wollen Sie von mir? Sex?«

»Erst die Arbeit, dann das Vergnügen«, versetzte Schmidt. »Meine *Firma* benötigt Ihre Hilfe bei einer geheimen Operation.« Der Mann brachte es wirklich fertig, das Wort *Firma* kursiv auszusprechen, so dass Jennys Gehirn es automatisch als »Geheimdienst« interpretierte.

»Sie arbeiten für einen Geheimdienst?«

»Das ist natürlich geheim«, entgegnete Schmidt so trocken wie ein acht Tage altes Toastbrot.

»Versuchen Sie gerade, die Herausforderung *verarsche zehn Minuten lang eine fremde Person* zu lösen?«

»Die gibt es meines Wissens nicht.«

Jenny verschränkte die Arme vor der Brust und lehnte sich gegen die Anrichte, auf der ihr Telefon lag. »Sie sind gut informiert. Ich bin gespannt, was zuerst passiert: Sie verraten mir, was Sie wollen, oder: mein Akku ist leer.«

»Lassen Sie uns keinen Strom verschwenden«, sagte Schmidt. »Treffen wir uns einfach im real life.«

»Schwer vorstellbar«, brummte Jenny. »Vielleicht habe ich Kopfschmerzen.«

»Im *Cool Place*, heute Abend.«

»Seufz«, sagte Jenny. »Wollen wir keine Uhrzeit ausmachen?«

»Unnötig«, versetzte Schmidt. »Ich bin eh den ganzen Abend hier.«

»Ich werde Sie richtig lange warten lassen«, drohte Jenny.

Schmidt schnaufte. »Meine Drinks gehen auf Spesenrechnung. Hab außerdem nichts Besseres vor. Wir Geheimagenten sind einsame Wölfe.«

»Wölfe sind Rudeltiere«, erklärte Jenny.

»Genau wie wir zwei. Bis gleich!«

Jenny starrte das Display ihres Phones an, das keineswegs in großen Buchstaben »Gespräch beendet« anzeigte. In der Anrufliste gab es keinen aktuellen Eintrag.

Sie fragte sich, ob sie gerade Opfer einer unglaublich umständlichen Anmache wurde oder ob der Kerl wirklich …

Nein. So bescheuert verhielt sich kein Geheimagent. Jedenfalls nicht die in ihr bekannten Filmen.

Was das bedeutete, schien naheliegend zu sein, und doch kam sie nicht drauf.

Unzufrieden prüfte sie, ob die Pfefferspray-Dose in ihrer Handtasche noch ausreichend gefüllt war. Dann machte sie sich auf den Weg zum *Cool Place*.

Anmerkung Alter Freund

Ach, ich hatte jetzt mit einer verschwörerischen Untergrundorganisation gerechnet, nicht mit einem profanen Geheimdienst. Oder spielt sich der Kerl nur auf und ist in Wirklichkeit ein reichlich schräger Verehrer?

Na ja. Irgendwie muss man sich ja annähern. Vermeintlich flotte Sprüche führen heutzutage gerne mal zu einer Anzeige (frag nicht). Ich würde dir empfehlen, dass der Typ keine zu platten Anmachen von sich gibt. Das kommt heutzutage einfach nicht mehr gut an. Lass ihn »gehen wir zu mir oder zu dir« fragen und du hast einen ordnungsgemäßen Shitstorm der MeToo-Community am Hals ... und zwar wohlverdient.

Solange der sich nur auf Twitter beschränkt, kannst du ihn vielleicht ignorieren, aber wenn sie anfangen, dir Mails mit Fotos von abgeschnittenen Penissen zu schicken, weißt du, dass du zu weit gegangen bist.

Frag nicht.

Übrigens: die weibliche Protagonistin ist eine weise Entscheidung von dir. Zwar hast du natürlich keine Ahnung, wie echte Frauen handeln würden, weil du keine bist, aber 90% deiner Leser sind männlich, denen geht es genauso. Wusstest du, dass sich in den letzten Jahren statistisch SF-Romane mit weiblicher Hauptfigur um

43,3% besser verkaufen als mit männlicher und um 23,5% besser bei Literaturpreisen abschneiden?

Aber wie äußert sich Weiblichkeit? Im Tragen von rotem Lippenstift und Kleidern? Hoher Stimme? Langen Wimpern? Ich hoffe nicht.

Natürlich geht es in erster Linie um Gefühle.

Männliche Figuren wirken sofort verweichlicht, wenn sie welche entwickeln, außer für ihr Raumschiff oder ihr Lasergewehr. Der harte Kerl unter der harten Schale, du weißt schon: James Bond, Captain Kirk, Darth Vader. Die größten aller Helden sind harte Kerle, niemand kann es mit ihnen aufnehmen, schon gar nicht die männlichen Hauptfiguren deiner Romane. Das Pantheon unserer harten Helden ist voll besetzt, kein noch so schmales Plätzchen mehr frei.

Ich bin wirklich gespannt, wie du deine Hauptfigur weiter entwickelst. Soll ich dir nen Tipp geben? Von Autor zu Autor? Aber nicht weitersagen.

Sobald die Protagonistin Dinge tut, die sonst nur Männer tun würden – stundenlang selbst bemalte Warhammer-Figuren milimetergenau durch eine hübsche Landschaft schieben, auf einem Sechs-Quadratmeter-Grill Pegasus-Steaks anbrennen lassen, in Bundeswehr-Unterwäsche einen tropfenden Wasserhahn mit dem Vorschlaghammer reparieren … *Dann* hast du eine starke Frauenfigur erschaffen und deine Leser liegen dir zu Füßen.

Vielleicht sogar ein paar Leser*innen*, aber ob das dein Wunschtraum ist, überlasse ich vertrauensvoll dir.

Anonyme Rezension

***** (5/5 Sterne) Als ich *AchieveIt* zum ersten Mal gesehen habe, hielt ich die Macher für verrückt. Orden! Gibt es doch nur beim Militär, teilweise posthum! Oder in Computerspielen. Aber vielleicht hätten wir früher damit anfangen sollen. Orden für Respekt, Vertrauen und Ehrlichkeit statt für 1000 gekillte Feinde oder ähnliche »Tapferkeit«. Dabei besteht der wahre Mut darin, auch zu seinem Partner zu stehen, wenn es mal schwierig wird, wenn der Alltag jede Freude wegätzt und man sogar zu müde ist, um wenigstens den Kindern Gute Nacht zu sagen. Vielleicht brauchen wir so kleine Belohnungen, um uns an unsere Menschlichkeit zu erinnern. Vielleicht brauchen wir als Zivilisation diese App zum Überleben wie der Falter seine Raupe.

T., Paarberaterin

Vor dem Cool Place stritten sich gerade drei Ordensbrüder darum, wer von ihnen zuerst das Lokal betreten
durfte, um die Errungenschaft »Bleibe deinem Stamm-
lokal treu und besuche es an zehn aufeinanderfolgenden
Tagen« freizuschalten.

Ordensbrüder? Jenny ertappte sich ungern dabei, den
Slang ihrer Kundschaft zu übernehmen. Sie war nicht
ganz sicher, ob die sammelwütigen Herrschaften noch
über genug Selbstironie verfügten, um den aus der kle-
rikalen Sprache stammenden Begriff ohne spirituelle
Überhöhung auf sich selbst anwenden zu können.

Jenny schob sich »Sorry, darf ich mal? Tolle Samm-
lung Orden, übrigens« murmelnd an den drei Achie-
velt-Nerds vorbei ins Lokal und vergaß dabei völlig,
dass sie einen widerwilligen Gesichtsausdruck aufset-
zen wollte.

»Wurde auch Zeit«, begrüßte Herr Schmidt sie, der
auf dem Barhocker direkt am Eingang saß.

»Ich sagte doch, ich werde Sie warten lassen.«

»Das ist nicht das Problem«, gab Schmidt zurück.
»Aber der Barkeeper kennt nur drei Witze, und er vergisst ständig, welche davon er schon erzählt hat.«

»Oder er versucht, Sie loszuwerden.«

»Kein Barkeeper vergrault einen stillen Gast, der auf
Spesenrechnung einen Longdrink nach dem anderen
bestellt.«

Jenny verschränkte die Arme vor der Brust. »Unterhalten wir uns weiter über den Barkeeper oder haben Sie noch langweiligere Themen auf Lager?«

Schmidt stand auf. »Ich habe das karminrote Hinterzimmer gemietet. Wollen wir?«

»Dieser Roman ist jugendfrei, daher gehe ich davon aus, dass Sie nichts Frivoles im Sinn haben«, erklärte Jenny.

Schmidt entgegnete: »Ich bin nicht die unerträglichste Figur in dieser Geschichte, also, vielleicht ...«

»Lieber fahre ich gegen einen Baum«, versetzte Jenny.

»Sie haben ein Auto?«, staunte Schmidt.

Jenny hob das Kinn unmerklich. »Ich kaufe mir eins.«

»Es gibt Wichtigeres als profanen Spaß«, sagte Schmidt und zwinkerte dem Barkeeper zu, der ihn aber vollkommen ignorierte. Er führte Jenny durch die offen stehende Glastür in den Bereich für private Gruppentreffen, die alle Gaststätten eingerichtet hatten, die der Filterblasen-Struktur der modernen Gesellschaft gerecht zu werden versuchten. Also alle, die auf ihre fortgesetzte Existenz Wert legten.

Das karminrote Hinterzimmer war zwar weiß tapeziert, aber auf den Stühlen lagen dunkelrote Kissen und die Papiertischdecke und Bierdeckel hatten die gleiche Farbe, nur die Gegensprechanlage für Getränkebestellungen war neonorange angemalt.

Schmidt wartete, bis Jenny sich hingesetzt hatte, dann schloss er die Tür und löschte das Licht.

»Meine Organisation ist aus der Fusion mehrerer von ihren jeweiligen Regierungen abgeschafften Dienste sowie finanziell klammen NGOs entstanden, als sich eine erstaunliche Überschneidung unserer Interessen herauskristallisierte.«

»Geheimdienste und Nichtregierungsorganisationen tun sich zusammen? Das kann doch nur ein Scherz sein.«

»Im Gegenteil. Somit konnten wir vermeiden, dass wir Agenten all unsere Geheimnisse meistbietend verkaufen mussten und trotzdem konnten uns keine Gelder gekürzt werden. Nur an Aufgaben mangelte es.«

»Das überrascht mich jetzt«, sagte Jenny. Selbst wenn das alles bloß ausgedacht war: Sie hatte nicht mehr so viel Spaß gehabt, seit ihre Stiefschwester herausgefunden hatte, dass sie beide mit dem gleichen Tinder-Typen ausgegangen waren – einem gewissen Stefano, der in seinem Profil nicht nur den letzten Buchstaben seines Vornamens frei erfunden hatte.

»Nun«, fuhr Schmidt fort, »durchgedrehte Alleinherrscher in Schurkenstaaten abzumurksen, fand die Weltgemeinschaft irgendwie nicht mehr zeitgemäß ...«

»Tat sie das jemals?«, unterbrach Jenny. »Wen habt ihr denn gekillt?«

»Das ist natürlich geheim«, versetzte Schmidt. »Darf ich fortfahren? Ich gerate leicht aus dem Konzept, wenn ich bei Vorträgen unterbrochen werde. Danke. Es stellte sich heraus, dass die meisten Dienste gegen die neuartigen Bedrohungen nicht hinreichend ausgebildet waren ...«

»Aha, ihr habt alle keine Ahnung vom Internet.«

»… was natürlich hauptsächlich auf Versäumnisse der jeweiligen Ministerien zurückgeht«, fuhr Schmidt ungerührt fort. »Natürlich wurden weiterhin gewisse Organisationen observiert, und wie es bei langjährigen Intimfeindschaften oft passiert, kam es, nun, zu einer Veränderung des Beziehungsstatus, zumal sich andere Bedrohungen von außen ergaben.«

»Der alte Feind wird zum neuen Freund?« Jenny schüttelte den Kopf.

Schmidt hob die Arme. »Man trifft sich nach der Schicht auf ein Bier, sitzt zufällig am gleichen Tisch … kommt ins Gespräch. NGOs sind ja ständig auf Spenden angewiesen, um ihre Funktionäre nicht feuern zu müssen, während wir als Geheimdienste großzügige Spesenregelungen …«

»Ihr habt euren Opfern das Bier bezahlt?«, sagte Jenny und kicherte.

»Letztlich erwies sich die Zusammenarbeit als großartige Synergie«, erklärte Schmidt. »Wir alle wollen eine bessere Welt. Wir als Dienste haben die dafür nötigen Spesen, die NGOs steuern die idealistischen Ziele und ethisch einwandfreien Visionen bei.«

»Und ich?«, fragte Jenny gespannt.

»Das Tool!« Schmidt ging zur Tür und drückte auf den Lichtschalter. Es wurde dunkel. Fast gleichzeitig sprang ein Beamer an, der ein Diagramm auf die Stirnwand projizierte.

»Die Benutzerzahlen von AchieveIt steigen überproportional, sogar im Vergleich zu den Börsengewinnen der reichsten Milliardäre der Welt.«

»He, ich kenne diese Grafik!«, rief Jenny. »Sie ist aus einer Präsentation unserer Sales-Abteilung für den Vorstand und streng vertraulich!«

»Wir sind immer noch ein Geheimdienst«, erklärte Schmidt irgendwo in der Dunkelheit hinter ihr. »Das ist unser Job.«

»Aha. Und Sie zeigen mir das, weil ...?«

Ein zweiter Beamer sprang surrend an und projizierte ein stümperhaft zusammengestöpseltes Mockup der AchieveIt-App mit einer Sprechblase, in der stand: »Rette 5 Exemplare einer bedrohten Tierart«

»Die Menschen wollen spielen!«, rief Schmidt im Tonfall eines Kirmeskarussell-Besitzers. »Sie lieben Spiele. Spielen lindert Stress und regt das Denken an, es ist gut für die geistige Gesundheit. Also retten wir uns *und* die Welt im Spiel – und in echt, gleichzeitig!«

»Ich bezweifle, dass diese Errungenschaft technisch umsetzbar ist. Und überhaupt – rein praktisch. Wie soll sich denn ein Paar Jangtse-Tümmler in meiner Badewanne vermehren?«

»Details ...« Schmidt winkte ab. »Ethisch einwandfreie Visionen, gut gefüllte Spesenkonten und eine beliebte App – die Rettung der Welt war nie so leicht.«

Ein weiterer Beamer sprang an. Das Gerät stand anscheinend auf dem Boden, so dass das Bild auf die Stühle weiter hinten projiziert wurde und schwer lesbar war. »Schreibe 10 Bewerbungen ohne Rechtschreibfehler«, entzifferte Jenny mühevoll.

»Bildung und Arbeitsmarkt«, referierte Schmidt aus dem Off. »Zwei Faktoren des Wohlstands, die wir mit dieser einfachen Errungenschaft nach vorn bringen können. Dann ist sogar die FDP glücklich.«

Bevor Jenny einen parteipolitischen Einwand erheben konnte, schaltete Schmidt noch einen Beamer an. Das Gerät stand senkrecht auf dem Stuhl neben Jenny und projizierte sein Bild an die Decke. Sofort flohen ein paar Weberknechte in dunklere Bereiche des Raums. »Nimm an 20 dringlichen Aktionen von Amnesty International teil«, las Jenny. »Hm, das ist gar nicht mal schlecht und vielleicht sogar technisch umsetzbar.«

»Nicht schlecht?«, rief Schmidt. »Das hier ist natürlich nur eine Auswahl, die Diskussionsgremien unserer Organisation in monatelangen Treffen erarbeitet und auf die Prio-1-Liste gesetzt haben. Wenn ich mehr Beamer und Dreifachsteckdosen hätte auftreiben können, hätte ich Ihnen noch mehr zeigen können.«

»Danke, I got the message«, sagte Jenny. »Aber hätte *ein* Beamer nicht gereicht?«

Schmidt überging die Frage. »Es gibt noch viele dieser Vorschläge.«

Langsam dämmerte es Jenny. »Warten Sie … Sie sind nicht dazu in der Lage, eine Powerpoint-Präsentation mit mehreren Folien zu erstellen und benutzen stattdessen mehrere Beamer?«

»Vor allem ist die Wirkung beeindruckender«, sagte Schmidt lapidar. »Oder etwa nicht?«

Jenny sah sich im Raum um. Zwischen den heulenden Beamer-Lüftern schwebte eine quasi-mehrdimensionale Multi-Präsentation, deren Strahlkraft man sich kaum entziehen konnte.

Schmidt setzte sich neben Jenny und genoss offenkundig die Dramaturgie seiner Lichtinstallation. »Leute machen Dinge am liebsten für eine konkrete Belohnung«, sagte er und legte einen Orden auf den Tisch. »Egal wie klein die ist.«

Es war der Orden für »Erstelle 5 Powerpoints mit nur je einer Folie.«

»Ich zähle aber nur vier Beamer.«

Schmidt zögerte zwei Sekunden lang, schien Nutzen und Risiken abzuwägen. »Der fünfte wartet bei mir zuhause. Im Schlafzimmer.«

Anmerkung Ehefrau

Also, dass du sooo leicht zu beeinflussen bist, hätte ich ja nicht erwartet. Kaum sagt dein Kumpel, er hätte mit einer Verschwörung gerechnet und nicht mit einem Geheimdienst, änderst du das fix und beinahe unauffällig.

Aber wehe, *ich* hätte diese Kritik geäußert …

Auf mich hörst du einfach nicht. Was ich sage, ist sowieso immer Unsinn.

Ich hoffe, du hast kapiert, dass du das Wenige, das ich von dem Text bisher halte, endgültig kaputtmachst, wenn du Jenny zu Schmidt ins Bett hüpfen lässt …

Anonyme Rezension

***** (5/5 Sterne) Als nonbinäre Mensch*in begeistert mich diese App nicht nur, weil es einen Orden für »benutze 10 verschiedene Neopronomen« und »verwende 100x gendergerechte Nomen« gibt. Außerdem ist sie schön bunt und schwarzweiß, grau und neonfarben – alles gleichzeitig!

*J., Raumfahrtingenieur*in*

Ich denke, man kann schon sagen, dass ich ein kritischer Konsument bin.

Natürlich habe ich mir für die Rette-vom-Aussterben-bedrohte-Tiere-Herausforderung sofort ein Pärchen Warane aus der Südsee kommen lassen. Übers Darknet bekommt man *alles*, ich kenn mich aus! Aber die Viecher sitzen jetzt hier in meiner Badewanne und starren mich bloß blöde an.

Ja gut, man kann an diese Aktion natürlich gewisse ethische Fragen stellen. Zum Beispiel: Sollten wirklich Laien wie ich und andere AITler sich um die Rettung bedrohter Spezies kümmern, wenn schon Biologen, Politiker und andere Experten das nicht hinbekommen? Und ist meine Badewanne wirklich ein artgerechter Lebensraum? Die Antwort auf letzteres ist natürlich ein klares »Ja«, denn die Original-Heimat dieser wasserscheuen Echsen geht ja gerade im Meer unter. Das kann ihnen hier nicht passieren, solange ich nicht versehentlich den Wasserhahn aufdrehe.

Praktischerweise fressen sie übrigens alles, was ich ihnen in die Wanne werfe. Sie sind richtige Müllschlucker. Ich arbeite gerade an einer Theorie, die womöglich unser ganzes Recycling-System obsolet macht und gleichzeitig eine Spezies vor dem Aussterben rettet. Mal sehen, wann mein Konzept reif für die Öffentlichkeit ist. Im Moment feile ich noch an Details, zum Beispiel am Gestank der Tiere. Außerdem haben sie noch nicht kapiert, wie das Katzenklo zu benutzen ist, man kann sie in dieser Hinsicht sogar als überaus lernresistent bezeichnen. Ich will nicht sagen: dumm wie Politiker, aber es kommt der Sache recht nahe, denn Kacke produzieren beide andauernd.

Leider ist die Sache auch recht kostspielig. Weil ich die Warane im Darknet schlecht mit meiner eigenen Kreditkarte bezahlen konnte, musste ich mir erst ein Paket gehackter Kontonummern samt PINs kaufen, von denen natürlich die meisten nicht funktionierten.

Ich warte immer noch darauf, dass die Warane anfangen, sich zu vermehren, aber sie machen keine Anstalten. Dabei hat mir der Anbieter versichert, dass es sich um ein Männchen und ein Weibchen handelt. Ich meine, ich kann ihnen ja schlecht vormachen, wie es geht. Ohne ein passendes humanoides Weibchen.

Während ich warte, schaue ich mir nochmal die Statistik mit Errungenschaften mit besonders niedrigen Erfüllungsraten an. Zum Beispiel: »Rufen Sie 9x eine Tante oder einen Onkel an und fragen Sie, wie es ihnen geht.«

Das ist allerdings schlicht ein Bug.

Obwohl ich schon mehrmals Beschwerdemails geschickt habe, haben sie das immer noch nicht repariert. Dabei habe ich meine einzige Tante inzwischen mindestens zwanzig mal angerufen. Sie ist schon richtig genervt, wenn ich es erneut probiere.

Überhaupt nicht kapiere ich, wie diese ganzen esoterischen Errungenschaften funktionieren sollen. Zum Beispiel: »Detektieren Sie 10x Wasser bei einem Blindtest mit einer Wünschelrute.« Oder: »Bekämpfen Sie 5x Kater-Kopfschmerzen mit homöopathisch verdünntem Alkohol.«

Das *kann* doch gar nicht funktionieren. Ich hab auch noch niemandem mit dem entsprechenden Orden gesehen. Trotzdem besaufen sich einige Kollegen aus der AIT-Community regelmäßig in ihrer Stammkneipe, vermutlich um im Anschluss diese schräge Homöopathie-Errungenschaft auszuprobieren.

Mein Verdacht ist ja, dass die Firma diese Errungenschaften absichtlich eingebaut hat, um den Leuten zu beweisen, dass an Parawissenschaft und Homöopathie nichts dran ist. Das wäre irgendwie cool, aber andererseits finde ich unlösbare Herausforderungen auch ein bisschen ärgerlich.

Ich meine, man sollte da als Verbraucher auch ganz klar sagen: Bis hierher und nicht weiter. Zum Beispiel: »Führen Sie auf einem öffentlichen Platz 7x selbst erfundene Tänze auf.« Ich mach mich doch nicht zum Affen! Es geht doch darum, Gutes zu tun, und man sollte seine Lebenszeit nicht mit irgendwelchem Quatsch verschwenden!

So, und jetzt entschuldigen Sie mich bitte, meine Warane haben Hunger. Anders sind die Knurrgeräusche nicht zu interpretieren. Ich kenn mich da aus.

Anmerkung Alter Freund

Dir ist aber schon klar, dass das ein ziemlich fetter, erhobener Zeigefinger war, gerade eben, oder?

Ist ja ein feiner Trick, einen Erzähler in einen Roman zu integrieren, der den Lesern ein paar Dinge nochmal erklärt, gleichzeitig aber Teil der Geschichte ist. Dein Antiheld entwickelt sich sogar. Anfangs ist er ja nur ein Fan dieser App, jetzt geht er kritisch damit um und stellt sogar ethische Fragen. Aber er ist immer noch mehr Fan als vernünftig.

Wie wäre es, wenn du ihn etwas übertriebener darstellst? Er könnte auch direkt in die Geschichte eingreifen und dann Jenny und Schmidt überraschen, während sie ... du weißt schon.

Nein, ich glaube nicht, dass du dir eine Sexszene verkneifen kannst, wenn du sie schon im Cliffhanger des letzten Kapitels andeutest.

Du und deine Sexszenen. Man wird dir eh wieder einen Strick draus drehen. Oder sie ignorieren, obwohl du sie so ausgefallen wie möglich gestaltest. Entweder du ärgerst dich oder deine Leser. Fragt sich nur, was schlimmer ist. Ich glaube, letzteres. Ist schlecht für die Verkaufszahlen.

In meinem letzten Roman gab es übrigens gar keine Sexszene. Was soll ich sagen? Er verkauft sich gar nicht schlecht! Solltest du mal drüber nachdenken.

Übrigens ist mir durchaus aufgefallen, dass du dir schon ziemlich viel Zeit gelassen hast, bis du wieder zu den beiden zurück blendest. Um die Spannung unerträglich zu machen? Oder weil du dich vor dem Schreiben der Sexszene fürchtest?

Ich kann das verstehen. Deshalb schreib ich ja keine.

Aber langsam wird es echt Zeit.

Trau dich!

Anonyme Rezension

** (2/5 Sterne) Also, ich habe noch nie so einen langweiligen Schwachsinn gelesen, keine Leichen, keine Schlägerei, keine Action! Und irgendwas stimmt doch nicht mit diesem Kerl namens Schmidt! Ach und diese komischen Rezensionen mittendrin, die müssen doch erfunden sein! Zwei Sterne, weil es wenigstens eine echt geile Sexszene gibt.

D., Beruf nicht angegeben

Marko, oder so ähnlich, grinste wie ein Zombie beim Leichenschmaus. »Männer produzieren Code«, belehrte er Jenny, »Frauen produzieren Babys. Das könnt ihr besser. Ist nicht böse gemeint. Nur rein biologisch.«

Jenny holte tief Luft. Sehr tief. Das erste Ausbildungsjahr war für sie eine krasse Herausforderung. Ein Spießrutenlauf, in dem unvollständige Formulare, kaputte Notebooks und gestörte Mitschüler die Topliste der Schwierigkeiten anführten, mit denen sie zu kämpfen hatte. Was ihr Sitznachbar Marko aber an Sprüchen absonderte, verursachte unfeine Gewaltfantasien.

Um zu verhindern, dass sie Marko spontan das Gemächt abriss und in sein dummes Maul stopfte, sprang sie auf, rannte aus dem Klassenzimmer und der Schule und dem Stadtviertel und ihrem Leben. Sie blieb erst stehen, als sie merkte, dass zumindest letzteres unmöglich war. Das war irgendwo im Wald, am Ende eines Trampelpfads, wo offenbar kürzlich ein Raubtier irgendein Federvieh zerrupft hatte. Jenny wollte kein Federvieh sein.

Was sie wollte, wollten andere ihr nicht zutrauen, und was andere wollten, traute sie selbst sich nicht zu. Wäre es nach ihrer Mutter gegangen, hätte sie sich einen Millionär geangelt und wäre Hausfrau geworden. Wie sie selbst. Wobei Jennys Vater kein Millionär gewesen war, sondern nur ein mittelmäßig bezahlter Programmierer, aber über solche Details brauchte man mit Jennys Mutter gar nicht erst zu diskutieren.

Überhaupt: Diskussionen mit Personen, die sich nur für ihre eigenen Bedürfnisse interessierten, hielt Jenny für reine Zeitverschwendung.

Deshalb rief sie lieber ihre Freundin Aneta an.

»Ach so«, sagte Aneta, nachdem sie sich Jennys Schilderung angehört hatte. »Und das nennst du ein *Problem*?«

»Ich … ja, ich finde diese Verhaltensweise problematisch.«

»Deine oder die dieses Haudegens?«

»Wie bitte?«

»Also«, sagte Aneta, »der arme Kerl hat vielleicht nie gelernt, was Selbstbeherrschung ist. Damit ist er nicht alleine. Du kennst doch den Schrotto, oder?«

»Deinen Freund? Der mit dem blödesten Spitzname, den ich je … Wie heißt er noch in Wirklichkeit?«

»Egal!«, rief Aneta. »Er hat sich auch nicht beherrschen können, nur so getan als hätte er sich ein Gummi übergezogen und dann hat er mich geschwängert.«

»Er hat …« Jenny nahm das Telefon vom Ohr und warf ihm einen zweifelnden Blick zu, aber es schien real zu sein und kein Utensil eines Comedian-Streichs. »Du bist schwanger? Das hast du mir ja noch gar nicht … äh … herzlichen Glückwunsch!«

»Leck mich«, versetzte Aneta. »Mach es wie ich: werde auch schwanger, brich die Ausbildung ab und bekomm ein süßes kleines Baby, um das du dich dann ausführlich kümmern kannst. Ist viel einfacher als deine komische Infodingsda-Ausbildung.«

»Informatik«, korrigierte Jenny automatisch, dann biss sie sich auf die Lippen.

»Gibt Kindergeld gratis!«, rief Aneta. »Schrotto hab ich übrigens schon seit Wochen nicht mehr gesehen. Kann sein, dass er eine andere hat. Vielleicht sollte ich die vor ihm warnen. Obwohl ...«

Das Gespräch ging noch eine Weile so weiter, aber Jenny deligierte ihre Teilnahme an ihr Unterbewusstsein, das sicher an ungefähr den richtigen Stellen »Hm« und »Ach ja« einwerfen würde. Das würde genügen, um Aneta binnen einer Stunde dazu zu bewegen, das Gespräch von sich aus zu beenden, ohne Jenny hinterher eine begriffstutzige Idiotin und ganz miese Freundin zu nennen.

Am nächsten Morgen ließ sich Jennys Mathelehrer die Ereignisse des Vortags erläutern.

»Aha«, machte er dann. »Da Sie in Ihrem Job eh nur Kaffee kochen und die Tastaturen Ihrer Kollegen putzen werden, finde ich Ihre Leistungen in Mathe übrigens übertrieben gut. Strengen Sie sich nicht so an, das macht bloß Ihre männlichen Mitschüler neidisch.«

»Was hat das denn mit dem zu tun, was ich gerade erzählt habe?«, rief Jenny verzweifelt.

»Alles«, sagte der Lehrer weihevoll, »und eines Tages werden Sie das verstehen.«

Sehnlichst wünschte sich Jenny eine Machete herbei, um sich eine Schneise durch dieses Dickicht aus verkrustetem Sexismus zu schlagen, so ähnlich wie Lara Croft in ihrem Lieblingsspiel. Sie starrte enttäuscht auf ihre leeren Hände, dann rannte sie zum Büro des Gleichstellungsbeauftragten.

Dass dieser ein älterer Herr war, sprach Bände. In der ganzen Berufsschule gab es keine einzige Lehrerin, die sich dieser Aufgabe gewachsen gefühlt hätte.

Das Büro des Gleichstellungsbeauftragten befand sich im Keller und war gleichzeitig eine Art Nerd-Werkstatt. Offenbar lastete das Thema Gleichstellung den guten Mann zeitlich nicht ganz aus.

»Hallo«, sagte Jenny und trat ein, nachdem sie erfolglos an die angelehnte Tür geklopft hatte.

»Moin«, sagte ein kleiner, grauhaariger Mann freundlich und rückte seine Brille zurecht. »Ich kann Ihnen *bestimmt* helfen.«

»Schön wär's«, sagte Jenny. »Wie ist eigentlich Ihr Name? Auf dem Türschild steht nur Ihre Jobbezeichnung.«

»Hermann«, stellte der Mann sich vor und legte eine Platine zur Seite, an der er gerade gearbeitet hatte.

»Und der Nachname?«

»Das *ist* mein Nachname, Frau Huber.«

»Sie kennen mich?«

»Aber selbstverständlich, ich kenne die Namen aller Schülerinnen dieser Schule, das sind ja gewissermaßen meine Hausaufgaben.«

»Soweit ich weiß, gibt es nur elf von uns, der Rest sind Männer.«

»Ich habe nichts anderes behauptet«, sagte Herr Hermann. »Es gibt wohl auch noch eine diverse Person, aber das tut jetzt nichts zur Sache.« Er winkte und zeigte auf einen 3D-Drucker, der gerade in der Zimmerecke vor sich hin werkelte. »Ich drucke hier gerade eine Belohnung für genau jene Sorte Mitschüler, über die sie sich vermutlich beschweren möchten. Deshalb sind sie doch gekommen, oder interessieren Sie sich für die fortschrittliche Klingelanlage der Schule?«

»Klingelanlage?«

»Sie spielt den Imperiumsmarsch aus Star Wars, wenn man den Klingelknopf an der Schuleingangstür siebenmal hintereinander drückt. Wussten Sie das nicht? Habe ich selbst programmiert.«

»Das ... wusste ich nicht«, gab Jenny zu, nahm sich aber vor, es bei Gelegenheit auszuprobieren.

»Der Drucker produziert gerade einen Orden«, erklärte Herr Hermann, »für besonders herausragende Ewiggestrigkeit. Sehen Sie? Es ist ein Zombiegesicht mit altmodischem Hut, das ziemlich schamvoll aus der Wäsche schaut.«

»Aus Quietschrosa Plastik«, stellte Jenny fest.

»Genau«, sagte der Gleichstellungsbeauftragte. »Ich mache das jetzt schon seit ein paar Jahren, und glauben Sie mir, es gibt für einen sexistischen Macho keine bessere Lektion in Sachen Emanzipation als die Überreichung eines rosa Ordens mit untotem Schäm-Emoji.«

»Und das wirkt wirklich?«, fragte Jenny.

»Geht so«, gab Herr Hermann zu. »Ein paar kräftige Tritte in den Hintern und ein abschließbarer Peniskäfig Größe S wären vermutlich wirksamer, aber meine gesetzlichen Spielräume sind leider begrenzt.«

»Schade eigentlich«, sagte Jenny und grinste.

»Immerhin kann ich den fraglichen Missetätern Reinigungsdienste verordnen. Ich habe sehr genau darauf geachtet, dass die dabei zu verwendenden Utensilien alle rosa sind. Kittel, Tücher, Besen, Wischmops.«

»Ich werde mich niemals im Leben mit Männern ab-geben«, knirschte Jenny. »Dafür fehlt mir einfach die masochistische Ader.«

»Rosa ist eine ultimative Strafe für Jungs, die gewis-sermaßen in Auto-Bettwäsche aufgewachsen sind«, sagte Herr Hermann. »Nennen Sie mich grausam, aber ich werde erst in Rente gehen, wenn der Sexismus an dieser Schule mit Stumpf und Stiel ausgerottet ist. Und wenn es noch hundert Jahre dauert.«

»Dann, ähm, wünsche ich Ihnen ... Gesundheit und ein langes Leben.« Jenny musste lachen. »Danke, ich fühle mich schon viel besser.« Sie schüttelte zum Ab-schied Herrn Hermanns Hand und erzählte beim Abendessen alles ihrer Mutter.

»Ich hab doch gleich gesagt, du sollst lieber Kranken-schwester werden. Oder Kindergärtnerin oder sowas. Nett zu Menschen sein. *Das* kannst du gut!«

»Muss ich wohl von dir geerbt haben«, schrie Jenny und suchte sich am nächsten Tag eine eigene Wohnung.

Anmerkung Alter Freund

Jetzt reicht's aber wirklich mit dem Auf-die-Folter-Spannen!!!

Jenny hatte sich fest vorgenommen, nicht mit Schmidt im Bett zu landen.

Bei der letzten, annähernd ähnlichen Gelegenheit hatte der gute Vorsatz nicht lange gehalten. Allerdings hatte das keineswegs an Willensschwäche oder überirdischen Verführungskünsten gelegen, sondern an Neugier. Jenes Date hatte sich nämlich etwas überraschend als nonbinär, pansexuell und polyamorös geoutet. Ersie besaß außerdem keinen Penis, obwohl Ziegenbart und Krawatte darauf hingedeutet hatten, so dass Jenny hauptsächlich aus Neugier mit ihrihm unter der Decke gelandet war. »Hauptsächlich aus Neugier« hatte sich allerdings weder für sie noch für das Date als ein Quell nennenswerter Erregung erwiesen.

Irgendwie auch wieder verständlich. Aber ... was sollte schon passieren?

Dieselbe Frage verbot sich Jenny, als Schmidt klingelte, ihre Wohnung betrat, und sie sich dabei ertappte, wie sie ihm in den Schritt starrte, um herauszufinden, ob dort eine Beule einen Penis verriet.

»Erfreuliche Neuigkeiten!«, sagte Schmidt an Stelle einer Begrüßung und stellte den mitgebrachten Beamer auf den Tisch.

»Sie können jetzt eine Powerpoint mit mehreren Folien erstellen?«

Schmidt misslang ein Grinsen. »Ich habe hart mit mir verhandelt und bin zu dem Entschluss gekommen, meinen Vornamen offenzulegen, so dass wir uns duzen können. Er lautet Artur. Artur Schmidt.«

»Hallo Artur, ich bin Jenny«, sagte Jenny mit einer Bonusportion simulierter Bravheit.

»Du kannst aber auch Reginald sagen. Oder Paul.«

»Also, was denn nun?«, fragte Jenny verzweifelt. Sie beschloß, es vorerst doch beim Nachnamen zu belassen.

»Du hast die freie Auswahl. Ist das da die Tür zum Schlafzimmer?«

Jenny fühlte sich unwohl. »Möglicherweise.«

»Fühlst du dich irgendwie nicht wohl?«, sagte Schmidt nach einem kurzen Zögern.

Über Schmidts Einfühlungsvermögen erfreut, gab Jenny spitz zurück: »Was spricht gegen diesen Raum hier, meine Wohnküche?«

»Keine leere Wand«, sagte Schmidt.

Die Stirn knetend, entgegnete Jenny: »Und du weißt natürlich, dass es im Schlafzimmer eine gibt.«

»Keine Sorge«, sagte Schmidt, als er mit seinem Beamer hinüber ging, »ich habe nicht vor, dich auszuziehen.«

»Okay«, schnappte Jenny und folgte ihm.

»Das schaffst du nämlich selbst«, ergänzte Schmidt. »Aber bitte erst nach der Präsentation.«

»Du bist ziemlich überzeugt von dir«, sagte Jenny. »Ich kann fies zuschlagen, falls es erforderlich wird.«

Schmidt lächelte, wie ein Boxer es nach einem Erstrunden-KO sicher nicht tun würde. »Ich weiß, du hast irgendwann mal eine entsprechende Errungenschaft in den sozialen Medien gepostet.«

»Also gut«, sagte Jenny, als sie auf ihrem Bettvorleger stand, der von oben wie ein rotierendes schwarzes Loch aussah. Bevor sie das Gefühl bekam, in etwas Übles hineingezogen zu werden, sah sie lieber zur Wand, an die der Beamer jetzt ein lapidares »Präsentation beendet« projizierte.

»Vom Bett aus hat man den besten Blickwinkel«, behauptete Schmidt. »Dessen bequeme Kissen versprechen ein optimales Zuschauererlebnis.«

»Immerhin projizierst du nicht an die Decke, dann müssten wir uns hinlegen.« Zu ihrer eigenen Überraschung setzte sie sich aufs Bett. Sich selbst gegenüber erfand sie die Ausrede, dass es keine alternativen Sitzgelegenheiten gab, weil der einzige Stuhl mit Wäsche belegt war. Außerdem konnte Schmidt ihr keinesfalls gefährlich werden. Nur sie selbst konnte das.

Schmidt zauberte irgendwie eine Dose Bier hervor, reichte sie Jenny und nahm sich selbst eine zweite. »Prost«, sagte er, »auf die App!«

Jenny stieß an und nahm einen tiefen Schluck. »Hältst du dich eigentlich für den James Bond dieser Geschichte? Der die tollsten Sportwagen fährt, die schönsten Frauen verführt und am Ende die Welt rettet?«

»Ich besitze kein Auto«, gab Schmidt zurück und suchte nach der Fernbedienung für die Powerpoint-Präsentation. »Außerdem bist du nicht allzu schön. Aber das mit der Rettung der Welt stimmt. Wird auch höchste Zeit, findest du nicht?«

Jenny grinste. »Immerhin bist du ehrlich. Also, teilweise. Übrigens habe ich einen Verdacht. Ich schwatze nicht mit dir in meinem Schlafzimmer, weil ich mir weitere Ideen für die App anschauen möchte.«

»Weswegen dann?«

»Weil uns beide der Gedanke an die Rettung der Welt gewissermaßen erregt«, sagte Jenny und trank mehr Bier.

Das war garantiert ein Fehler.

»*Sexuell* erregt«, ergänzte Schmidt. »Genau.«

Jenny wusste nicht, ob sie lachen oder wegrennen sollte. Stattdessen trank sie von ihrem Bier, dann klang das alles weniger bescheuert.

Schmidt zog sich das Hemd aus. »Und das ist auch gut so. Letztlich ist das der App zu verdanken.«

»Weswegen?«, fragte Jenny und begutachtete Schmidts einigermaßen ansehnlichen Bauch. Freilich kannte sie die Antwort.

»Weil die Menschen nur bereit sind, die Welt zu retten, wenn sie eine Belohnung dafür bekommen. Und die beste Belohnung ist Sex, weil das sogar reiche Personen anspricht. Die Orden erzeugen die Verbindung. AchieveIt verbindet sexuelle Reize mit ethisch angemessener Handlungsweise«, erklärte Schmidt und fand die Fernbedienung in seiner Hosentasche. »Damit wird beides eins – und die Weltrettung ein epischer Orgasmus.« Er startete die Präsentation.

Jenny hatte selten so einen Unsinn gehört, aber aus irgendeinem Grund war das jetzt genau das, was sie brauchte.

Im Hintergrund der Powerpoint-Projektion war unscharf ein Löwen-Pärchen bei der Paarung zu erahnen. Davor stand in großen Buchstaben:

Feiere jeden neuen Orden mit Sex, um einen Bonusorden zu erhalten!

Jenny schnaubte. »Das ist ...« Sie schaute in ihre Dose, aber da fand sie auch kein passendes Adjektiv, und »bescheuert« passte ausnahmsweise nicht so recht.

»Genial«, behauptete Schmidt.

»Zwei Fragen«, sagte Jenny kopfschüttelnd.

»Gerne«, sagte Schmidt vom Fußende des Bettes aus.

»Frage 1: Gibt es irgendwo noch eine Dose?«

»Natürlich.«

»Frage 2: Wo ist deine Hose?«

»Wo sie nicht bei der Diskussion meines Vorschlags stört.«

Jenny grinste dämonisch und zeigte auf die Wand. »Meinst du jetzt das da oder dass wir miteinander schlafen?«

»Hier, deine neue Dose.«

»Danke, aber das war keine Antwort.«

Schmidt gönnte sich auch noch ein Bier. »Doch.«

Die Anzahl der Dosen verringerte sich in der Folgezeit allmählich, und zwar in etwa proportional zur Anzahl der Kleidungsstücke.

»Artur«, flüsterte Jenny schließlich zwischen zwei Kopfkissen.

»Ja?«

»Dein Hintern ist ganz okay. Auch ohne Sportwagen drunter.«

»Deine Hand ist aber gerade gar nicht an meinem Hintern.«

»Das ist Absicht«, erklärte Jenny geduldig.

»Ah, gut«, brachte Schmidt hervor und versuchte, Jenny zu umarmen, ohne sich den Penis zu brechen. Dabei kippte er ungeschickt auf sie drauf.

»Ah … warte, ha …«

»Mein Arm!«

»Das ist mein Bein!«

»Wa … ah … das … da … muss …«

»Hehe.«

»Lachst du noch, oder stöhnst du schon?«

»Was soll ich machen, wenn du so witzig bist?«

»Aber ich versuche gerade … Also … *ächz* … Vielleicht wäre eine Dose Bier weniger doch besser gewesen.«

»Red nicht so viel, sondern … hihi! Ja, *fast*.«

»Wie soll ich denn, wenn du …«

»Pfffff! Da bist du aber ganz falsch!«

»Bei richtigem Licht wäre es einfacher.«

»Aber die Kerzen sind sooo romantisch!«

»Du bist doch gar nicht romantisch.«

»Habe ich auch nicht behauptet. Und du bist nicht erregt.«

»Doch!«

»Nein!«

»Doch!«

»Ooooooh! Jetzt … fast.«

»Was heißt hier *fast*, ich … ich bin …«

»Soll *ich* das mal übernehmen?«

»Das ist mir ein wenig unangenehm. Mein Penis ist so eine Art Geheimdienstakte.«

»For your eyes only?« Jenny musste schon wieder kichern.

»*Das kitzelt*!«

»Pardon. Ich weiß im Moment nicht, wo ich aufhöre und wo du anfängst. Außerdem habe ich zuviel getrunken.«

»Okay, besser wird es nicht, und man muss aufhören, wenn es am schönsten ist.« Schmidt ließ sich auf den Rücken fallen. »Nennen wir es einen Anfang.«

»Nicht *Fehlschlag*?«

»Auf gar keinen Fall«, sagte Schmidt. »Man muss die Dinge immer positiv sehen.«

Jenny warf Schmidts Schwanz einen Blick zu. »Der da wirkt nicht sehr optimistisch. Eher ... äh ... enttäuscht.«

»Besser als *enttäuschend*.«

»Danke, das war das Wort, das ich gesucht habe.«

»Gern geschehen.«

»Puuuh, das war sooo schöööön!«

Einen Moment lang war es still. Vielleicht überlegte Schmidt, ob Jennys letzte Anmerkung bösartiger Zynismus gewesen war oder nur ein Versuch, die Situation aufzulockern. Dann summte Jennys Smartphone, und gleich darauf ihr Mini-Drucker, der in der Jackentasche auf dem Boden neben dem Bett lag.

»Was zur Hölle ...«

Schmidt richtete sich mühevoll auf, während Jenny nackt aus dem Bett stieg und fahrig nach ihrer Jacke langte.

»Gratulation zur Freischaltung einer besonders seltenen Errungenschaft!«, las Jenny vor. »1x Sex mit einer Person, von der man nicht einmal den Nachnamen kennt.«

»Tja«, kam die Antwort vom Bett her. »Schmidt ist natürlich ein Deckname, und nach meinem richtigen Namen hast du bisher nicht gefragt.«

»Aber wir hatten gar keinen ... oh!« Jenny setzte sich auf die Bettkante und verbarg das Gesicht hinter ihren Händen. »Wir haben gestöhnt.«

»O ja, das haben wir«, sagte Schmidt und grinste. Er ließ zwei Finger von ihrem Nacken bis zum Beginn ihrer Pospalte die Wirbelsäule hinunter wandern. »Glückwunsch zur besonders seltenen Errungenschaft. Ich kenne nicht viele Leute, die diese hier geschafft haben.«

»Danke«, sagte Jenny und stand abrupt auf. »Vielen, vielen Dank. Für diesen romantischen Abend und ... alles andere.« Sie machte eine vage Geste mit dem linken Arm. »War ganz lustig. Aber jetzt musst du gehen. Und ich direkt morgen früh mit den Programmierern reden. Deine Anwesenheit ist vorläufig nicht mehr erforderlich.«

Sie nahm den letzten Schluck aus der Dose und schloss die Augen. Genoss das Schiffsschaukel-Schwanken des Bettes in ihrem Kopf. Die hüpfenden Ideen darin. Ihre eigene Kreativität, ihren Trick, ihre immer noch prickelnde Erregung. *Feiere jeden neuen Orden mit Sex, um einen Bonusorden zu erhalten.* Im Grunde hatte sie ihre neue Idee soeben bereits eingeweiht. Bloß bekam sie den Bonusorden natürlich noch nicht, weil die entsprechende Funktion in der App noch fehlte. Aber das würde sich bald ändern. Sehr bald.

Als Jenny die Augen wieder öffnete, war sie allein.

Anmerkung Ehefrau

Das war die bescheuertste Sexszene, die du je geschrieben hast. Vermutlich war das Absicht, um zu verschleiern, dass du in deine eigene Figur verknallt bist und diese Gelüste auf Herrn Schmidt projizierst.

Durchsichtig. Sehr durchsichtig.

Na ja. Jetzt, da du diesen Fehltritt hinter dir hast, kommt ja vielleicht noch so etwas wie sinnvolle Handlung.

Aber ohne mich. Mich hast du an dieser Stelle endgültig verloren.

Nachts im Büro: Leise träumten die Laptops, es roch nach kalter Pizza und natürlich hatte mal wieder jemand vergessen, das Licht auszuschalten.

Nein, doch nicht: Da saß noch eine Mitarbeiterin! »Jenny« stand auf dem Namensschild an ihrem Schreibtisch und in kleinen Kugelschreiberlettern war darunter ergänzt worden: »Ich bin leider gerade nicht da.«

Zwischen Jennys Lippen klemmte besagter Kugelschreiber, dessen Beschriftung (»Weißland GmbH: Die sauberste Reinigung, seit es Putzlappen gibt«) durch Zahngeknabber fast unlesbar geworden war. Man durfte annehmen, dass die sanftlila Farbe des Stifts nicht ganz zufällig dieselbe war wie jene des Kittels der schlaksigen Reinigungskraft, die gerade in diesem Moment das Großraumbüro betrat.

»Ach, hier ist ja jemand!«

Jenny schreckte hoch und der Kugelschreiber fiel runter.

»Wollte Sie nicht erschrecken«, brummte die Putzhilfe und setzte den kleinen Saugbot ab, den sie bis hierher unter dem Arm getragen hatte. Piep, surr, saug.

»Ich Sie auch nicht«, gab Jenny zurück. Das erschien ihr fair. Da sie gerade komplizierte Spezialabfragen zu ganz besonderen neuen Errungenschaften erfand, dauerte es eine Weile, bis ihr auffiel, dass die Reinigungskraft keinen einzigen Orden an ihrem monumentalen Busen trug. Einerlei, dachte Jenny, es kann nicht die ganze Welt Fan unserer App sein.

»Ich sehe, was Sie denken!«, behauptete die Frau im lila Kittel und fing an, mit einem Staubwedel den einen oder anderen Bildschirm zu streicheln. »Die hat ja keine Ahnung, was ich hier Wichtiges zu arbeiten habe, denken Sie. Ja, das denken Sie. Aber da liegen Sie falsch, ja, tun Sie.«

»Danke für Ihr Verständnis«, entgegnete Jenny verwirrt.

»Erstens mal«, sagte die Frau und schwenkte den Staubwedel, »erstens mal verwenden Sie bitte er/ihm als Pronomen. Ja, er/ihm und nichts anderes.«

Jenny warf einen kurzen Blick auf den Brustkorb der Putzkraft und schüttelte den Kopf. »Aber ich habe bisher überhaupt kein Pronomen verwendet.«

»Missverständnisse vermeiden, ja, das sollten wir, nicht wahr?« Der Putzmann sah in eine Pizzaschachtel, die auf dem Tisch vor ihm stand, fand aber offenbar nichts von Interesse. »Ich bin aus Prinzip ein Er, um dem Klischee der minderbemittelten Putzfrau nicht zu entsprechen, die zu nichts anderem gut ist, als hinter den Herren der Schöpfung her zu wischen. Ich bin ein leuchtendes Beispiel, ja, das bin ich!«

»Ich bin zwar kein Herr der Schöpfung, finde Ihr Konzept aber trotzdem genial«, sagte Jenny und überlegte, ob eine Errungenschaft wie »wechsle 3x spontan das Geschlecht« technisch umsetzbar war. »Sie stellen unter Beweis, dass Männer ebenso gut putzen können wie Frauen, wenn man sie nur lässt.«

»Das«, gab der Putzmann scharf zurück und richtete den Zeigefinger auf Jenny, »habe ich keinesfalls so gesagt, das ist eine Unterstellung, ja, das ist es, nicht wahr?«

»Ich wäre jedenfalls eine miese Frau, wenn es nach meiner Putzfähigkeit und den entsprechenden, veralteten Stereotypen ginge.«

»Apropos«, sagte der Putzmann, »wo sind die ganzen Herren der Schöpfung, die sonst hier ihre Nächte miteinander verbringen?«

»Vielleicht läuft ein Fußballspiel«, riet Jenny, »oder Kinoabend. Sie laden mich lieber nicht ein. Schlechtes Karma, sagen sie.«

Mit einem Teleskop-Staubwedel zeigte der Putzmann auf eine Pinnwand. »Sachdienlicher Hinweis ist zu offensichtlich, nicht wahr?«

Jenny schüttelte den Kopf. Und las den an der Pinnwand aufgehängten Zettel am weichen Ende des Staubwedels. »Kohle gegen Moral 10:0? Nein, das klingt nicht wie ein Fußballergebnis.«

»Demokratie ist nicht käuflich«, las der Putzmann das Kleingedruckte vor. »Bestimmt der Titel des Kinofilms, den Ihre Kollegen gerade besuchen. Aber was weiß ich schon, ich bin ja nur fürs Reinemachen zuständig, nicht wahr?«

Nach einem verächtlichen Rundblick über die verwaisten Arbeitsplätze verließ der Putzmann mit raschelndem Kittel das Großraumbüro.

Wohlgemerkt, ohne groß geputzt zu haben.

Jenny musste zugeben, dass die Hinterlassenschaften der abwesenden Kollegen die Interpretation zuließen, dass eine Art Nachtarbeitsboykott stattfand – und zwar aus moralischen Gründen. Dabei lag der Zusammenhang zu der Kundin aus einem osteuropäischen Land nahe, in dem die Demokratie gerade als Folge des Ausgangs einer demokratischen Wahl abgeschafft wurde.

Aus einem Impuls heraus begann Jenny eine Wanderung durchs Großraumbüro. Streifte mit dem Finger über staubige Kanten, als müsse sie dem Putzmann beweisen, wie nachlässig er gearbeitet hatte. Neben dem Tisch mit dem Drucker fiel ihr auf, wie voll der Papiermülleimer war. Sah nach zusammengeknüllten Fehldrucken aus – ein verrückt spielender Druckertreiber oder halb leere Tonerpatronen?

Jenny stutzte, als ihr Blick über ein fett gedrucktes Wort stolperte.

Sie zog ein Blatt aus dem Papierkorb und strich es auf dem Tisch glatt.

Es war ein Brief. Der Absender war Wulf, einer der besten Techniker der Firma. Und der Betreff lautete: »Kündigung«.

Soweit der Text des blassen Ausdrucks lesbar war, ging es um ethische Gründe und moralische Bedenken.

Vielleicht wollte Wulf in Wirklichkeit mehr Geld oder weniger Arbeitsstunden? Hatte er die Tonerkartusche gewechselt, den Brief noch einmal ausgedruckt – und dann der Geschäftsleitung übermittelt?

Moralische Bedenken ... wenn man danach ging, musste man doch so gut wie jeden Beruf an den Nagel hängen, ausgenommen vielleicht im Gesundheitssektor, in der Kinderbetreuung oder in Schulen. Diese Gedanken kitzelten im Hinterkopf und setzten eine dumpfe

Wolke Missgunst frei. Jenny atmete heftig, zerknüllte den Brief und warf ihn zurück in den Papierkorb. Ohne Wulf hatte die Firma ein Problem. Und zwar kein kleines.

Schlimmer aber war, dass ihr Körper gerade eindeutig zu signalisieren schien, dass auch sie gerade ein paar Probleme hatte. Und zwar die von der schlimmsten Sorte: *Verdrängte* Probleme.

Sie brauchte folglich dringend Ablenkung. Eine Brücke über das Schwarze Loch der Depression, das sich gerade unter ihr öffnete.

Jenny überlegte, wie wahrscheinlich es war, dass Schmidt überraschend auftauchte, um sie abzulenken. Aber sie verwarf den Gedanken. So etwas passierte nur in TV-Serien mit einfach gestrickten Drehbüchern. Sie brauchte einen geeigneteren Gesprächspartner. Einen, dem das Wissen der ganzen Menschheit zur Verfügung stand, um ihr praktikable Vorschläge zu unterbreiten.

Jenny sah sich verstohlen um und startete eine Konkurrenz-App: *ChatIt*, laut Werbung des Anbieters die »Assistentin deiner Seele«. Schon seit Jahren unterhielten sich viele Menschen lieber mit KI-Chatbots als mit echten Lebewesen. Erstens gaben Chatbots selten Widerworte und waren daher Balsam für die Seele. Notfalls beschimpfte man sie oder löschte einfach die App. Zweitens konnte man besonders unpassende Antworten in den sozialen Medien posten, garniert mit hämischen Emojis, ohne dass ein menschlicher Gesprächspartner sich schämen musste.

Der Avatar von Jennys *ChatIt*-Assistentin war weiblich und rothaarig – eine laut App zu ihrer Persönlichkeit besonders passende Voreinstellung mit hoher »Seelenverwandtschaft«.

»Hallo«, sagte Jenny, nachdem Sie den Mikrofon-Knopf der App gedrückt hatte.

»Oh, Jenny, wie schön, dass du dich mal wieder meldest!«, gab die Assistentin nach kurzer Zeit zurück. Klang das wie ein Vorwurf? Nein. Jenny schüttelte den Kopf. Es war nicht Aufgabe der KI, zwischen den Zeilen Vorwürfe zu produzieren. Sie sollte bestärken und aufmuntern, was denn sonst?

»Ich fühle mich nicht wohl, weil ein Kollege von mir gekündigt hat«, sagte Jenny.

Die Antwort ließ einen Moment auf sich warten. Unterdessen blendete die App einen Werbespot für ökologisch nachhaltige Recycling-Kaffeepads ein. »Warum hat er gekündigt?«, wollte ChatIt anschließend wissen.

»Wohl aus moralischen Gründen«, sagte Jenny.

»Bist du heute mit deiner Erfahrung mit dieser App zufrieden?«, wollte ChatIt wissen.

»Im Moment nicht«, versetzte Jenny.

»Wie kann ich dir helfen, deine Erfahrung mit dieser App zu verbessern?«, nörgelte ChatIt.

»Indem du auf mich eingehst und nicht sprunghaft das Thema wechselst.«

»Teilst du die moralischen Bedenken deines Kollegen?«, fragte ChatIt sprunghaft.

»Ich …« Jenny merkte, dass sie langsam Kopfschmerzen bekam, weil sie ständig mit den Zähnen mahlte. Ihr Kiefer war angespannt, ihr Nacken sandte einen ziehenden Schmerz aus. »Ich kann nur auf vollständige Sätze antworten«, sagte ChatIt. »Während du dir in Ruhe einen solchen überlegst, schau dir das folgende Angebot unserer exklusiven Partner an. Entdecke ein neues Braterlebnis!«

Die App zeigte einen Werbefilm für besonders haltbare Pfannen, die man im Abo erwerben konnte.

»Ein Pfannen-Abo? Ernsthaft?«, entfuhr es Jenny. Die Werbung hatte sie wirkungsvoll von ihren Gedanken abgelenkt. Jenny vermochte gerade gar nicht mehr zu sagen, weswegen sie ChatIt eigentlich gestartet hatte. Damit hatte die App ihre Schuldigkeit getan.

Jenny konnte den Anblick fröhlicher Menschen, die leckeres Essen in nagelneuen Pfannen zubereiteten, nicht mehr ertragen und sah lieber zur Decke. Dort errichtete gerade eine große Spinne ein Netz neben einer leicht flackernden Lampe. »Ich frage mich, ob ich mir zu wenig Gedanken über die moralische Seite der Geschäfte der Firma mache«, sagte Jenny. Das kam für sie selbst überraschend, denn sie hatte die App gerade ja schon schließen wollen. Warum hatte sie das bloß nicht getan?

»Für moralische Überlegungen wirst du nicht bezahlt. Dafür gibt es das Management. Oder was glaubst du, wieso die sonst mehr verdienen als du? Weil sie mehr oder härter arbeiten?«

»Es wird schon niemandem etwas passieren, oder?« Ja. Das war ein ermutigender und erleichternder Gedanke. Also einer von der Sorte, die geistige Gesundheit förderten, anders als moralische Schuldgefühle das taten.

»Es passieren dauernd schlimme Dinge auf der ganzen Welt«, sagte ChatIt. »Wenn du dich deshalb schuldig fühlst, ist das auf Dauer schlecht für deine geistige Gesundheit.«

Jenny fragte sich, ob die App Gedanken lesen konnte. Sicherheitshalber vermied sie es, jetzt an ihr peinlichstes Geheimnis zu denken. Stattdessen plauderte sie einfach drauflos. »Die fragliche App soll Statistiken über nicht erfüllte Errungenschaften an eine Regierungseinrichtung übermitteln«, sagte sie leichthin.

»Bestimmt hilft es dir, wenn du an erfreulichere Dinge denkst«, gab ChatIt zurück. »Was wünschst du dir für die Zukunft, sagen wir … Ende des Jahres?«

»Hm«, machte Jenny. »Ich bekomme einen exklusiven, speziellen Jahresbonus für meine Tätigkeit als stellvertretende Kreativbeauftragte. Vielleicht kann ich mir davon etwas Schönes kaufen.«

»Da hätte ich ein paar Vorschläge!«, sagte ChatIt fröhlich und schaltete den nächsten Werbespot – für eine Dating-App. »Garantiert echtes Verlieben, endlich ankommen – beim letzten ersten Date mit dem attraktiven Grund dafür, die App wieder zu deinstallieren! Nur 7,99 pro Monat!«

Jenny fand, dass Schmidt dann doch etwas billiger war. Ziemlich blöd, dass es letztlich immer um noch mehr Geld ging, aber das Wichtigste im Leben war nicht käuflich, schon gar nicht im Abo: Echte Liebe.

Das musste irgendeine tiefere Bedeutung im Konstruktionsplan des Menschseins haben, aber im Moment kam Jenny nicht darauf, weil eine weitere Ablenkung ins Büro getorkelt kam: Ihr Boss und Frau M, Arm in Arm. Beschwipst.

»Oh«, rief der Boss, »ich präsentiere Ihnen hier, es ist mir eine Ehre zu präsentieren, darf ich Ihnen präsentieren, hiermit präsentiere ich: Eine fleißige Mitarbeiterin. Davon habe ich ganz viele, die meisten sind bloß gerade nicht da. Weiß auch nicht, wieso.«

»Weil Nachhht ist«, gab Frau M mit starkem Akzent zurück und kicherte, »bestimmt nicht. Wirrr sind ja auch hier. Wo ist denn jetzt derrr Weinbrrrand, von dem Sie so geschwärrrmt haben?«

»Ho, ho, ho«, machte der Boss. »Aber meine liebe Frau Ministerin, wir können doch nicht nebenan in der Cafeteria Spirituosen mit vierstelligen Flaschenpreisen leeren, während hier fleißige Mitarbeiterinnen an den Errungenschaften der Zukunft arbeiten. Nutzen wir doch die Gelegenheit, um uns nach dem Fortschritt der vorgenannten Zukunft zu erkundigen, dann schöpft sie keinen Verdacht. Also, wie stehen die Aktien, Frau, äh … ach was: Jenny!?«

»Alles gut soweit«, brachte Jenny hervor und fragte sich, ob sie sich unter Alkoholeinfluss auch so bescheuert verhielt. Sie kniff sich in den Bauch. Gut, dass sie nichts getrunken hatte! Sonst hätte sie womöglich jetzt dank gesenkter Hemmschwelle moralische Bedenken geäußert!

»Das klingt nicht sehrrr konkrrret«, schnarrte die Ministerin und klang dabei wie ein kaputter Porsche-Auspuff.

»Nun ja«, sagte Jenny und stand langsam von ihrem Stuhl auf. »Wir haben tatsächlich ein besonders wirkungsvolles Konzept der Selbstverstärkung entwickelt.«

»Das klingt ja wundervoll«, sagte der Boss und sah der Ministerin verträumt in die Augen. Vielleicht stellte er sich einen Gegenbesuch in deren Villa in den Winnetou-Bergen des Balkans vor. Mit Pool aber ohne Kleidung.

»Feiere jeden neuen Orden mit Sex, um einen Bonusorden zu erhalten«, sagte Jenny. »Wir nutzen die menschliche Libido, um den Belohnungseffekt zu verstärken.«

»Das ist genial«, sagte der Boss, »meine Mitarbeiterinnen sind großartig, sagte ich das nicht, Frau Ministerin?«

»Es ist eh noch nicht in der App«, warf Jenny ein. »Ich suche noch einen Programmierer, der das erledigen kann.«

»Ach, die haben alle gekündigt«, sagte der Boss. »Ich habe aber schon einen Deal mit der Ministerin eingefädelt, wir sourcen unsere Entwicklung demnächst in ihr Land aus. Eine Win-Win-Situation!«

»Sie werrrden natürrrlich nicht outgesourrrced«, raunte die Ministerin. »Sie werrrden beförrrdert. Dann Sie bekommen Gehalt, ohne arrrbeiten.«

»Danke«, sagte Jenny und bemühte sich, erfreut zu klingen, obwohl etwas in ihrem Inneren gerade am liebsten einen ausführlichen Heulkrampf losgetreten hätte.

»Du machst das schon«, sagte der Boss. »Wir stören dann mal nicht weiter und suchen uns einen teuren Club. Mit einer exklusiven Getränkekarte.« Er zerrte die Kundin Richtung Lift.

»Gute Nachhht«, rief die Ministerin noch, dann war da nur noch ein Murmeln in der Aufzugkabine, das von den sich schließenden Türen abgeschnitten wurde.

Dankbar ließ sich Jenny zurück in ihren Stuhl sinken und rollte an ihren Tisch.

Energisch tippte sie die nötigen Anweisungen ins Ticketsystem, damit die Programmierer – in welchem Land auch immer – die neue, von Schmidt erfundene Mega-Errrrungenschaft in die App einbauen konnten. Wie immer belegte allerdings ein älteres Ticket mit höchster Prioritätsstufe die Top-Position: »Errungenschaft *Freiwilliges Tempolimit 100*: Manchmal verwechseln wir das Auto der Nutzer mit einem Zug, in dem sie sitzen und damit überschreitet man die 100 km/h, was aber natürlich nicht passsieren sollte!!!« Nicht einmal den Tippfehler mit den drei s hatte jemand bisher korrigiert, geschweige denn das Problem an sich gelöst.

Bei der Gelegenheit erfand sie noch ein paar politisch-moralisch elegante Orden.

Als Jenny fertig war, erklang zu ihren Füßen ein Surren und Piepen.

Saugbot! Eingeklemmt zwischen ihrem Stuhlbein und der Trennwand hinter dem Schreibtisch. Und sie hatte erst jetzt sein klägliches Piepen wahrgenommen.

Das erklärte, warum der Putzmann nicht länger geblieben war – der kleine Sauger erledigte den Job.

Normalerweise. Im Moment allerdings nicht.

Statt den Bot freizulassen, warf Jenny ihm einen langen Blick zu. Sie hatte schon immer geahnt, dass ihre

Empathie bei technischen Geräten besser funktionierte als mit Menschen.

Damals, als ihr erstes Smartphone ins Schulklo gefallen war, wo sie sich verbarrikadiert hatte, nachdem sie ihre Klassenkameradinnen geärgert hatte …

Kürzlich, als ihr Boss beinahe ihren armen USB-Stick in Schokoriegelform angeknabbert hätte …

Und jetzt der Saugbot, unfreiwillig eingesperrt, so dass er nicht weiter seinen Traum von perfekter Teppichreinheit leben konnte, sondern dazu verdammt war, zu verharren, immer am gleichen Ort, gefesselt und geknebelt, und statt einer klaren Unwillensäußerung, einer Gegenrede, einer Intervention: Nur klägliches Gefiepe.

Jenny fühlte sich wie der Saugbot.

Tränen tropften. Fahrige Finger wussten nicht, wohin. Endlich nicht mehr unterdrückbares Schluchzen brachte all die surrenden Geräte im Büro scheinbar zum Schweigen.

Manchmal bist du schon lange am Ende, ohne es zu bemerken. Manchmal braucht es eine Kleinigkeit, um dich darauf hinzuweisen, dass du *jetzt aber wirklich* mal dringend etwas ändern solltest. Dass deine Gedankenwelt und die Realität gewisse Diskrepanzen an den Tag legen und, Überraschung: Nicht die echte Welt ist auf dem Holzweg, *du* bist es.

Gleiche doch endlich mal Gedanken, Glauben und Gefühle mit der Wirklichkeit ab – und wenn etwas von dem ganzen Kram kolossal abweicht, korrigiere!

Nicht die Wirklichkeit.

Dich.

Jenny rückte den Stühl zurück und gab den Saugbot frei.

»Nichts zu danken«, flüsterte sie und wischte sich die Augen trocken.

Ich denke, man kann schon sagen, dass ich ein kritischer Konsument bin.

Deshalb war ich zuerst skeptisch, als in den privaten Gruppen die ersten darüber redeten, dass *Live our Dream* in *AchieveIt* 2.0 neue Errungenschaften eingebaut hatte, die nicht nur außergewöhnlich, sondern vor allem politisch brisant waren. Das ist seit dem Skandal um Twitter nicht zu unterschätzen. Wenn Politiker auf Twitter Unfug verbreiten und mehr als die Hälfte der Follower das feiert, ist das *ein* Problem. Wenn Politiker die neuesten Errungenschaften in *AchieveIt* als »besser und schneller als unsere Gesetzgebung« feiern, ein *ganz anderes*.

Ich hatte vor dem Abi in der Schule mal eine Politik-AG. Ich kenne mich also aus.

Deshalb habe ich die Neuerungen erstmal sehr intensiv analysiert.

Die ersten Fotos von den neu designten Extra-Orden machen einen großartigen Eindruck.

Natürlich habe ich sofort alles ausprobiert.

Das Wichtigste vorweg, damit da niemand irgendwelche Zweifel haben muss: Selbstbefriedigung gilt als Sex.

Also, das tut es ja schon immer, ich meine jetzt im Sinne der neuen Mega-Errungenschaft:

Feiere jeden neuen Orden mit Sex, um einen Bonusorden zu erhalten!

Also, ich hatte noch die Herausforderung offen, 111 km zu Fuß zu gehen. Ich bin losgelaufen, natürlich auf einer vorher geplanten Route. Fußgängerzone, durch alle Stockwerke des Einkaufszentrums, so dass möglichst viele Leute meine mit Orden reich geschmückte Brust sehen können. Und genau so geplant, dass ich die noch fehlenden Kilometer bis 111 bis zur Rückkehr nach Hause zurücklegen würde.

Leider habe ich mich irgendwie verrechnet. Die App hat schon mitten im Einkaufszentrum den Gewinn des Ordens angezeigt. Also hab ich ihn ausgedruckt, angeheftet, bin auf die Kundentoilette und … na ja.

Also, natürlich muss man ein bisschen stöhnen und irgendwie vibrieren oder sich in einem schnellen Rhythmus bewegen, damit die App merkt, dass man Sex hat. Das hab ich genau so gemacht, ich kenn mich ja zum Glück damit aus.

Tatsächlich reichten fünf Minuten, dann schaltete die App den Bonus-Orden frei.

Natürlich sofort ausgedruckt, angeheftet, Hose hoch, raus aus den Waschräumen.

Die Leute haben vielleicht geguckt!

Tja, inzwischen bin ich einer der ersten, die auch noch die Bonus-Bonus-Errungenschaft für sechs Bonusorden bekommen hat. Da staunen die Leute aber *so richtig*!

Natürlich musste ich dazu auch weniger profane Herausforderungen lösen als die mit dem Fußmarsch. Welche von den neuen, weil ich die meisten alten ja schon längst habe.

Interessanterweise sind viele der neuen Herausforderungen irgendwie politisch aufgeladen. Mit einem Schuss Moralin.

Ich habe darüber noch nicht allzu viel nachgedacht, aber das erscheint mir sehr vernünftig. Also, moralische Fragen zu integrieren. Das sorgt doch für ein besseres Miteinander in unserer Gesellschaft. Zum Beispiel: »Frage 10 ausländisch aussehende Personen nach ihrer Herkunft.«

Dabei habe ich sehr interessante Antworten erhalten. Wie etwa »Wuppertal« oder »Duisburg«.

Die App hat sich weiterentwickelt!

Und ich fühle, dass auch ich mich dadurch weiterentwickle. So als Person.

Schwierig wird es nur allmählich mit den ganzen Bonusorden. Natürlich hole ich mir nach jedem Orden immer direkt einen runter, um den Bonus zu bekommen. Eine Stunde Zeit hat man dafür übrigens. Habe ich mit einer Versuchsreihe herausgefunden. Ha! Als ich das im Fan-Forum gepostet habe, habe ich 134 Thumbs-up bekommen! Fragen Sie Ihren persönlichen AchieveIt-Sexperten, Hieronymus, Spitzname: Hi!

Ich kenn mich echt gut aus.

Anmerkung Alter Freund

Ich lach mich tot! Dass die Romanfigur einfach frech von sich selbst behauptet, sich weiterentwickelt zu haben, was ja allgemein von Qualitäts-Romanfiguren erwartet wird, ist wirklich ein verboten alberner Zwinkerauge-Spielzug von dir.

Allerdings frage ich mich, wann die eigentliche Hauptfigur Jenny endlich mal ein bisschen Selbstreflektion betreibt. Wie sie die Machenschaften ihres Bosses und seiner Geschäftspartnerin nicht nur abnickt, sondern auch noch unterstützt, passt eher zu einer Antagonistin als zu einer Protagonistin. Aber wer weiß, vielleicht führst du mich als Leser ja auch aufs Glatteis, und Jenny ist von Anfang an die Dunkle Seite der Macht? Die Schergin des Bösen, verführt von der Schlange namens M? M, das steht doch sicher für die Mamba! Die schwarze Mamba ist eine scheue und geheimnisvolle Schlange. Genau so ist es gedacht, bin ganz sicher.

Hab ich richtig geraten, oder? Tja, ich bin dein alter Freund, ich kenn mich aus!

Ha, ha.

Apropos: Interessante Frage, die Hi den »ausländisch aussehenden« Passanten stellt. Ist es schon fremdenfeindlich, allein aufgrund zum Beispiel der Haarfarbe eine nichtdeutsche Herkunft zu unterstellen? Aber tut man das wirklich, indem man freundlich fragt? Ist das harmlose Neugier oder schon Alltagsrassismus?

Ist diese Herausforderung eine der politisch aufgeladenen im Zusammenhang mit der Abschaffung der Demokratie im Balkanland der schwarzen Mamba? Ja, schon möglich ... sehr subtil ... allein schon diese Frage, womöglich millionenfach gestellt, könnte zig Konflikte auslösen ... Gräben würden vertieft, Unterschiede betont, Streit provoziert ... subtil geschürter Unfrieden ist das rohe Fleisch, von dem sich Faschismus ernährt.

PS: Übrigens: Wollte noch fragen, wann die App zum Buch denn nun endlich erscheint.

»Unsere Auftraggeber finden manche Ihrer neuen Errungenschaften etwas zu subtil«, sagte der Boss zu Jenny.

»Ich hielt das Wörtchen subtil bislang für positiv konnotiert«, gab Jenny zurück. »Außerdem: Hieß es nicht in der Rede zur Eröffnung dieser Feier, dass es heute mal nicht um die Arbeit geht?«

Der Boss grinste. »Vom Thema ablenken. Kenn ich. Super Strategie. Mache ich auch immer, wenn meine Frau mich fragt, wo ich letzte Nacht war.«

»Ich nehme das als verbale Anerkennung«, sagte Jenny mit gespieltem Ernst. »Darauf brauch ich noch einen Drink.«

Unterwegs zum Buffet musste Jenny sich unter der Dekoration hindurch ducken. Jemand hatte neun Blätter Kopierpapier mit großen Nullen bedruckt und eines mit einer Eins. Nebeneinander aufgehängt unter der Decke ergab das die gewaltige Zahl 1.000.000.000, also eine Milliarde. Die Anzahl der nunmehr ausgedruckten Orden und gleichzeitig der Anlass für die Party.

Die Firmenleitung hatte in die Lobby geladen, und zwar nicht nur Mitarbeiter – die verbliebenen hätten auch ohne weiteres im Fahrstuhl feiern können – sondern auch Influencer, Streamer und Vorsitzende von AchieveIt-Fanclubs.

Dementsprechend fachkundig war das Publikum. Anders ausgedrückt: Jenny musste sich ständig neugierigen Fragen stellen, Selfies mit sich machen lassen und natürlich reihenweise Orden ansehen und in welcher attraktiven Kombination sie angeklebt waren.

Nur um ein Date hatte sie bisher noch niemand gebeten. Von Schmidt war natürlich wieder nichts zu sehen. Jenny konnte es ihm nicht übel nehmen.

»Ich wollte eigentlich nicht kommen«, sagte Clara, die mit einem Mal mit einem Tablett voller Gläser neben Jenny aufgetaucht war.

»Kann ich dich fragen, warum du trotzdem hier bist, oder wäre das zu deprimierend?«

Clara zuckte die Schultern und schniefte. »Mein Onkel ist gestern überraschend gestorben. Herzanfall. Meine Tante behauptet seitdem steif und fest, er sei nur kurz in die Stadt gefahren und käme sicher gleich wieder. *Das* ist deprimierend.«

»Womöglich noch deprimierender als die neuen Geschäftspartner unserer Firma«, murmelte Jenny.

»Hier«, sagte Clara und zeigte auf das Tablett mit gefüllten Gläsern, das sie trug. »Notfalls tue ich so, als würde ich zur Cateringfirma gehören. Wenn es zu peinlich wird. Möchtest du was?«

Jenny wählte einen Mango-Sesam-Hafer-Longdrink und warf einen vorsichtigen Blick Richtung Boss. Glücklicherweise wurde der noch öfter als sie mit Fragen gelöchert und musste für Selfies grinsen. Wenn man nach dem stechenden Sonnenbrillen-Blick ging, den Frau M manchen Fans zuwarf, waren womöglich auch Date-Anfragen dabei.

Clara seufzte und strich sich das einfache schwarze Kleid glatt, das sie trug. Sie nickte in Richtung Chefetage. »Die Ministerin hat eigenen Angaben zufolge fürchterliche Kopfschmerzen.«

»Dazu passt der fürchterlich breite, tiefschwarze Lippenstift.«

»Ich habe auch Kopfschmerzen«, verkündete Clara. »Ich suche mir eine Tablette. Pass du solange auf meine Tarnung auf.« Sie drückte Jenny ihr Tablett in die Hand und eilte Richtung Unisex-Toilette.

Von der anderen Seite kamen drei schmale, ältere Herren anmarschiert, alle mit so vielen Orden an den ordentlichen Sakkos, dass sie wie pensionierte Generäle wirkten. Eilig zog Jenny ihr Phone hervor. »Ja? Hi!«, fakefonierte sie übertrieben laut. »Ja, ich bin hier. Kommst du noch?«

Die drei Herren bogen ab Richtung Getränkeausgabe.

»Schade«, sagte Jenny ins Telefon. »Aber hab ich mir gedacht. Ist ja typisch. Danke für nichts.« Sie steckte das Gerät wieder ein und floh in die entgegengesetzte Richtung.

Schnell griff sie am Buffettisch zu den mit Essensdruckern erzeugten Orden aus Gemüsepaste und hielt dann Ausschau nach einer ruhigen Ecke, in der sie unauffällig so tun konnte, als würde sie die Dinger lecker finden.

Sie wollte sich gerade in aller Ruhe hinter einem großen Blumenkübel auf den Boden setzen, als ihr Blick auf die breiten, offenstehenden Eingangstüren fiel: Noch mehr Besucher, mit Orden und ... nein, halt. Mit Polizeiuniformen. Mit Dienstausweisen in der einen

Hand, Tasern in der anderen. Mehrere Leute in zivil. Männer und Frauen mit auffällig wenig bis gar keinen Orden.

Langsam sanken Jenny und ihre Laune Richtung Fußbodenfliesen.

»Bundespolizei! Niemand verlässt den Raum! Alle Endgeräte in die Hosentaschen!«, rief jemand mit kratziger Lautsprecherverstärkung.

»Ich gehöre zur Catering-Firma«, rief Clara, die einige Meter von Jenny entfernt stand. »Ich weiß nur gerade nicht, wo mein Getränke-Tablett hingegangen ist!«

Jenny bekam ein schlechtes Gewissen, als das Tablett zu ihren Füßen ihr einen vorwurfsvollen Blick zuzuwerfen schien. Die Situation fühlte sich an wie ein Echo von vor einigen Stunden. Sie schüttelte sich. Das hatte rein gar nichts mit der *Sache* zu tun.

Und alles.

Vorsichtig warf Jenny einen Blick über den Rand des Blumenkübels. Die Frauen und Männer von der Bundespolizei verteilten sich im ganzen Raum, hatten es aber offenkundig in erster Linie auf den Boss und Frau M abgesehen. Beide wurden gerade von je zwei Personen in Uniform ergriffen und festgehalten, machten aber Anstalten, sich zur Wehr zu setzen.

»Ach, hier ist mein Tablett«, flüsterte Clara, die urplötzlich neben Jenny kniete. »Wie war der Mango-Sesam-Hafer-Longdrink?«

»Ich habe Diplomarrrtenpass«, heulte Frau M und riss sich los. Weit kam sie nicht: Nach ein paar Metern hatten die Uniformierten die Lage und sie wieder im

Griff. Zufällig stand die Gruppe jetzt samt Boss in Strohhalm-Erbsen-Schussweite von Jenny und Clara.

»Unsere App verstößt gegen keine Gesetze!«, betonte der Boss gerade.

»Das werden die Richter beurteilen«, schnarrte ein Beamter in Zivil, der sich vor dem Boss aufgebaut hatte und in irgendwelchen Papieren blätterte.

»Auch die Zusammenarbeit mit einer ausländischen Regierung ist ja wohl kaum verboten«, ergänzte der Boss.

»Es besteht dringender Verdacht, dass Sie systematisch und vorsätzlich gegen geltende Datenschutzregelungen verstoßen und personenbezogene Informationen an staatliche Stellen eines Nicht-EU-Landes weitergeben«, ratterte der Polizeimensch. Eine Computerstimme hätte menschlicher geklungen.

»Nonsens!«, heulte Frau M. »Es laufen berrreits EU-Beitrrrittsverrrhandlungen!«

»Das wusste ich ja gar nicht«, sagte der Boss. »Erstaunlich, wenn man in Betracht zieht ...«

»Das können Sie alles mit Ihren Anwälten klären«, grätschte der Polizist dazwischen. »Sie, Herr, äh ... Sie kommen jetzt mit uns und Frau M wird zu ihrer Botschaft geleitet.«

Ruckartig setzten sich die versammelten Uniformierten in Bewegung und brachten den Boss und Frau M Richtung Ausgang.

»Erstaunlich«, flüsterte Clara, die genau wie Jenny nur ihrem Boss hinterher starren konnte. »Irgendjemand muss denen einen Tipp gegeben haben. Ansonsten wären die doch nie so plötzlich ...«

»Wulf?«, sagte Jenny und kam sich dabei scheinheilig vor. »Er kennt immerhin den Code.«

»Und dabei setzt er seinen Job aufs Spiel?« Clara erhob sich wacklig mit ihrem Tablett und strich mit der freien Hand ihr Kleid glatt. Jenny stand ebenfalls auf. »Ganz schön ... rücksichtslos von ihm, und das kurz nach seiner ... Kündigung?«

Clara warf ihr einen langen Blick zu. »Ein Verräter in den eigenen Reihen, der damit einer faschistischen Partei in einem osteuropäischen Land einen Stock zwischen die Beine wirft? Klingt nach einem Politthriller in den Bestsellerlisten.«

»Die werden von Krimis über Psychopathen dominiert«, belehrte sie Jenny. Sie spürte, dass Claras schwitzige Hand die ihre ergriff, als sich ihnen ein Polizeibeamter näherte.

»Ich gehöre zum Catering-Team«, schnarrte Clara tonlos.

»Ich auch«, behauptete Jenny und drückte Claras Hand.

»Weiß ich doch«, sagte der Polizist und zwinkerte. »So hübsche Frauen arbeiten doch nicht für eine Firma, die blöde Apps programmiert. Ist das da etwa ein Honig-Ananas-Shake mit Schirmchen?«

»Ich werde ...«

»... jetzt nicht widersprechen«, fuhr Jenny Clara über den Mund, um zu verhindern, dass ihre Kollegin wegen der impliziten Diskriminierung aufbrausen konnte. »Nicht *jetzt*. *Jetzt* ist kein geeigneter Zeitpunkt dafür!« Jenny spürte, wie sich Claras Hand verkrampfte.

»Ich vermute«, ergänzte Jenny und holte tief Luft, »dass die Firmenfeier ohnehin beendet ist und den Angestellten die Lust auf Erfrischungen vergangen ist. Von daher ...«

»Greifen Sie ruhig zu«, schrie Clara und knallte dem Polizisten ihr Tablett quasi in die Brust.

Der Mann trug allerdings eine schusssichere Weste und griff freudig nach dem Drink. »In deren Haut möchte ich jetzt nicht stecken«, sagte er und zog am Papierstrohhalm. »Aaaaah! Ich komme mir schon vor wie in Pension auf den Malediven, am Strand zusammen mit hübschen ...«

»Sind die Malediven nicht kürzlich untergegangen?«, sagte Clara bissig.

»Das war sicher nur eine Metapher«, beeilte sich Jenny zu sagen. »Sagen Sie, Herr Oberpolizeimeister ...«

»Polizeiobermeister«, korrigierte der Mann und sog weitere Erinnerungen an seine ferne Zukunft durch seinen Malediven-Strohhalm.

»Natürlich«, sagte Clara und klatschte sich verspielt die Hand vor die Stirn. »Sicher gab es einen geheimen Informanten, der die kriminellen Machenschaften dieser verruchten Firma an Ihre mit fleißigen Mitarbeitern gesegnete Organisation weitergegeben hat?«

»Sicher«, sagte der Mann fröhlich und schwenkte sein Glas. »Von alleine wären wir da nie drauf gekommen.«

»Es gab also ... einen ... Insider?«, hakte Clara nach, obwohl Jenny energisch deren Hand knetete.

»Kein Insider«, sagte der Polizeiobermeister fröhlich und wippte auf den Fußballen, »sondern ein Agent einer mir bislang unbekannten Privatinvestigationsorganisation.«

»*What*?«, entfuhr es Clara. Jenny überlegte verzweifelt, wie sie ihre Kollegin zum Schweigen bringen konnte. Sie mit ihrem eigenen Tablett k. o. zu schlagen, erschien ihr langsam eine angemessene Option zu werden.

»Wissen Sie, was wirklich lustig ist?«, fragte der Polizeiobermeister. »Der Deckname des Agenten lautete Pferd-As!«

»Wirklich sehr lustig!«, heulte Jenny mit sich überschlagender Stimme.

»Dabei gibt es doch gar keine Spielkarten mit Pferden. Nur Pik, Kreuz ...«

Jenny hatte genug und zog Clara fort. »Sorry, wir müssen aufräumen. Dringend. Zeit ist Geld. Schönes Gespräch, aber ...!«

»Ja, wie schade, aber Arbeit geht natürlich vor. Danke für den Drink. Darf ich Ihnen meine Nummer geben, falls wir mal privat ...«

»Wir haben es wirklich eilig«, rief Jenny und während der Polizeiobermeister sein Glas leerte, liefen die beiden unangefochten zur Tür hinaus.

Dort gerieten sie in einen Pulk *AchieveIt*-Fans, die gerade versuchten, die coolsten Selfies mit dem Polizeieinsatz in den sozialen Netzwerken zu posten und dabei stets ihre Orden ins rechte Licht zu rücken trachteten.

»Ah«, sagte gerade ein reich behangener Fan zu einem Polizisten, »Sie tragen den Orden für *Dreimal Au-*

ge zudrücken beim Strafzettelschreiben auf der rechten Seite!«

»Ja und?«, schnaubte der Polizist.

»Wenn Sie ihn links tragen würden, sähe es symmetrischer aus«, belehrte ihn der Fan. »Die Ordenform passt außerdem besser zu 10x *in der Pause keine Zigarette rauchen*. Wegen der Dreiecksform. Sehen Sie das nicht?«

»Jetzt, wo Sie es sagen«, knirschte der Polizist.

»Na also. Ich kann Sie in unsere Facebook-Gruppe einladen. Keine Sorge, nur etwa hundert Fotos täglich, aber dann wissen Sie ganz schnell, wie man welche Orden am besten trägt ...«

Jenny schob sich mit Clara im Schlepptau möglichst unauffällig durch die Gruppe und murmelte immer wieder »Catering, Vorsicht bitte!«, garniert mit einem, wie sie hoffte, professionellen Catering-Lächeln.

Minuten später saßen Jenny und Clara in sicherer Entfernung an einer Bushaltestelle. Es hatte angefangen zu regnen, und hier waren sie im Trockenen. Ihre Jacken hatten sie zurücklassen müssen.

Jenny schwieg eisern, weil sie zu der Einsicht gelangt war, dass sie auf jeden Fall etwas völlig Falsches sagen würde, sofern es inhaltlich über »So ein Mistwetter« hinausging.

»Glaubst du, dass die App abgeschaltet wird?«, brach Clara schließlich das Schweigen.

»Mistwetter«, gab Jenny zurück.

»Hast du mir nicht zugehört?«

»Sorry«, sagte Jenny und grinste. »Die Server? Per einstweiliger Verfügung, nehme ich an, ja. Das ist so üblich bei erheblichen Verstößen gegen Datenschutzgesetze. Bis die Ursachen behoben sind.«

»Werden unsere Entwickler ihre Kündigung jetzt überdenken?«

»Keine Ahnung«, gab Jenny zurück. »Wieso?«

Clara zuckte mit den Schultern. »Irgendjemand muss die App ja in Ordnung bringen.«

Jenny fiel keine geeignete Entgegnung ein außer »Mistwetter«.

Als Reaktion knuffte Clara sie in die Seite. »Sag mal, bist du nicht als Leiterin des Entwicklerteams jetzt die Person im Unternehmen, die das Sagen hat? Solange der Boss, nun ja, verhindert ist?«

»Eher schließe ich einen Pakt mit dem Teufel«, entfuhr es Jenny. »Andererseits ... vielleicht habe ich das ja schon.«

»Das war eine Metapher, oder? Aber nur mal angenommen, alle würden ab morgen nach deiner Pfeife tanzen. Wäre das nicht großartig? Eine echte Chance? Was würdest du tun am längsten aller Hebel?«

Jenny sah Clara in die Augen. Sie sah Begeisterung, Angst und ein bisschen zuviel Übermut.

Einiges davon wirkte ansteckend. Jenny seufzte. Aber es war zu spät, denn Mund und Zunge waren bereits in Aktion:

»Wir werden es ja morgen früh herausfinden.«

Anmerkung Alter Freund

Boah, das ist ja mal eine unerwartete Wendung! Respekt! Aber ich hätte es toller gefunden, wenn die beiden am Ende in einem Sportwagen an der Adria herumgefahren wären.

Also, Schmidt und Jenny. Nicht Clara und Jenny.

Sorry für die Ironie. Bei dir ist es ja immer die Bundespolizei, die am Ende herein stürmt und dann: Zack! Das ist wie in den primitiven Western aus den Fünfzigern, wo am Schluss im letzten Moment die Kavallerie ... Warte. Wieso grinst du jetzt?

Du hast doch nicht etwa noch eine *richtige* Wendung in petto? Der Auftritt der Polizei war nur Ablenkung? Eine Schein-Auflösung?

Dann will ich nichts gesagt haben.

Mensch, jetzt bin ich aber gespannt ...

Der Park lag im Zwielicht. Nebel, Energiesparlampen und ferner Verkehrslärm bildeten ein Ambiente, das einer traurigen Abschiedsszene angemessen war.

»Es ist echt traurig«, sagte Schmidt. »Schau sie dir nur an! Diese ganzen Leute!«

»Ja«, gab Jenny zurück. »Sie halten ihr Handy in alle Richtungen, um besseren Empfang zu haben. Hilft aber nicht. *AchieveIt* ist offline. Sie bekommen keine Errungenschaften. Sie heben die Hundehaufen umsonst auf, sie lackieren sich vergeblich die Fußnägel in zehn verschiedenen Farben, sie helfen alten Leuten beim Einkaufen und bekommen keinen einzigen Orden mehr dafür.«

»Aber schau, in der ganzen Traurigkeit gibt es auch versöhnliche Szenen.« Schmidt meinte anscheinend ein Pärchen, das kuschelnd auf einer Parkbank saß und sich gegenseitig sorgfältig die Orden umdekorierte.

»Sie spenden einander Trost«, sagte Jenny und seufzte. »So können sie besser ertragen, dass die App nicht mehr funktioniert.«

»Ist ja nur vorübergehend«, entgegnete Schmidt. »Du wirst gleich rüber ins Büro gehen und die Sache in Ordnung bringen.«

»Werde ich das?«

»Ich weiß das ganz genau«, sagte Schmidt und grinste.

»Natürlich«, seufzte Jenny. »Du weißt Bescheid.«

»Es ist wie ein Wunder, es grenzt an Gedankenlesen.«

Jenny blieb stehen und sah sich um. Niemand beobachtete sie. »Ich muss dir etwas wichtiges sagen, Agent Pferd-As.« Sie suchte nach den richtigen Worten. Sie fand keine, also redete sie einfach drauflos. Das ging meistens schief, aber jetzt war sowieso alles egal.

»Also«, begann sie. »Das wird dir jetzt vielleicht nicht gefallen. Es ist mir selbst ein bisschen peinlich. Aber es ging nicht anders. Wirklich.«

Jenny holte tief Luft und kratzte sich hinter einem Ohr. Dann sprudelte es auch ihr hervor: »Ich habe dich erfunden. Nein, sag jetzt nichts. Halt die Klappe. Du existierst nicht. Außer in meiner Fantasie.«

Jetzt war es raus. Jenny schloss die Augen und versuchte, rein gar nichts zu sehen. Es war schwierig. Ihre Fantasie war lebhaft.

»Du warst ein Mittel zum Zweck. Du warst … notwendig. Es tut mir leid. Der Druck war zu groß. Und ich hatte niemanden. Niemanden, mit dem ich meine Sorgen teilen konnte. Über die drängenden moralischen Fragen diskutieren. Ist unsere App Teufelswerk? In den falschen Händen ganz bestimmt. Aber gilt das nicht für ganz viele Dinge? Messer? Kettensägen? Videokameras? Menschen bauen Mist, viele sind selbstsüchtige Arschlöcher, und wenn du ihnen ein Werkzeug gibst, mit denen sie andere so richtig am Arsch kriegen können, werden manche genau das tun. Was machst du, wenn du dieses Werkzeug *bist*? Du zerbrichst.« Jenny schluckte. Breitete die Arme aus. Eine Geste der Entschuldigung, die nutzlos war, weil niemand sie beachtete.

»Ich sollte etwas zutiefst Unmoralisches erschaffen. Ich *musste*. Was hätte ich denn machen sollen? Nein sagen? Und was dann? Dann hätte ein anderer es gemacht. Ich fühlte mich unter dem Druck wie eine Pflaume unter einem Kampfpanzer. Unter Druck geben wir nach, wir entfernen uns von der Realität, bauen eine eigene Welt, in der die Konflikte fehlen, die uns zerfressen.« Jenny musste lachen. »Meine Güte, ich habe diese Beamer aus der Firma geliehen, in meiner Wohnung aufgestellt. Ich habe laute Selbstgespräche geführt, dass die Leute in der Bar mich angesehen haben wie eine Alkoholikerin. Ich habe sogar mit zwei verschiedenen Stimmen gestöhnt, als ich – haha – mit dir ins Bett gegangen bin, mit ein paar Bierdosen intus, und zwar so überzeugend, dass die App das für richtigen Sex mit einer richtigen Person gehalten hat!«

Jenny stand von ihrer Bank auf und ging ein paar Schritte, um hinter sich zu lassen, was nun hinter ihr liegen *musste*. »Aber irgendwann fällt in sich zusammen, was nicht mit der Wirklichkeit konform geht. Irgendwann wird das Konstrukt zu einem albernen Possenstück, das offensichtlich nicht real sein kann. Wie hätte ich dich denn meiner Freundin Clara vorstellen sollen? Hier, das ist mein Freund! Er heißt Schmidt, Artur Schmidt. Wahrscheinlich ein Deckname. Dass du ihn nicht sehen kannst, liegt daran, dass ich ihn mir ausgedacht habe. Übrigens ist er Geheimagent, und das ist echt cool, oder? Bestimmt sause ich eines Tages mit ihm in einem Cabrio an der Adria entlang ...«

Jenny schwieg kurzzeitig, weil ihr ein Mann entgegen kam, der noch trauriger wirkte als der Hund, dem er hinterher dackelte.

»Dann kam mir die Idee mit dem Verstärkungseffekt. Oder kam sie *dir*? Ist ja auch egal. Wer eine Errungenschaft mit Sex feiert, bekommt einen Orden extra. Das Problem war nur, dass die Idee *zu* gut war. Zu gut, um die faschistische Teufelin aus Osteuropa damit zu füttern. Also musste ich sie loswerden. Dass unsere App gegen den Datenschutz verstößt, musste ich nicht erfinden. Wulf hat daraus nie einen Hehl gemacht, und der Boss hat immer nur vielsagend gegrinst und demonstrativ geschwiegen. Also hast du der Bundespolizei einen heißen Tipp gegeben. Sie haben dir sofort geglaubt. Ob sie genauso schnell eingegriffen hätten, wenn sie einen Tipp von einer Frau bekommen hätten, die vorgibt, Programmiererin zu sein? Wenn ich an diesen Polizeiobermeister denke … Bitter, oder? Na ja. Deine männlich-markante Geheimagenten-Stimme imitieren kann ich ganz gut.«

»Ja, das kannst du wirklich«, gab Schmidt betreten zurück.

Leise über sich selbst lachend näherte sich Jenny dem Ausgang des Parks. »Schon seltsam. Ich hatte nicht den Mut, aufzustehen und zu sagen: So nicht! Aber *du* hattest den Mut, die Polizei zu alarmieren. Na ja, du bist ich, also bin ich nicht ganz so feige, wie ich dachte. Ich will nicht behaupten, dass du jetzt überflüssig bist. Vielleicht sehen wir uns irgendwann wieder. In einer einsamen Nacht, wenn ich zwei Dosen Bier getrunken habe und Gesellschaft brauche. Einen coolen Geheimagenten. Einen Gesprächspartner, der mir rät, mich wegen meiner gespaltenen Persönlichkeit in psychiatrische Behandlung zu begeben und es ungefähr zur Hälfte witzig meint. Aber sag selbst: Einen kleinen Schaden haben wir doch alle, oder? Ich glaube, das macht das Leben manchmal erst erträglich.«

Jenny breitete die Arme weit aus und drehte sich. Sie war ein Karussell. Sie war voller Energie.

Und sie war allein.

Anmerkung Alter Freund

OMG! Jaaaa! ICH *WUSSTE* ES!

Am Freitag vor ihrem dreizehnten Geburtstag stand Jenny in Papas Arbeitszimmer.

Es war leer.

Fast leer.

Ein paar weiße Regale waren noch an die Wand geschraubt. Ganz weiß waren sie längst nicht mehr; die Flecken fielen jetzt auf, da keine Bücher, Kartons und Magazine mehr darauf herumlagen.

»Wann kommt Papa wieder?«, fragte Jenny.

Ihre Mutter stand mit verschränkten Armen im Türrahmen. Im Pyjama. Mit Kopfschmerzen. »Er kommt nicht mehr wieder, Schatz. Hab ich dir doch erklärt.«

»Ich hab's anscheinend nicht verstanden«, sagte Jenny.

»Du kannst ihn alle zwei Wochen besuchen. Das ist doch schön!«

»Ja«, sagte Jenny. »Schön.«

»Wir räumen demnächst um. Wir könnten ein Gästezimmer hier einrichten, was meinst du?«

»Für welche Gäste denn?«

Mutters Augen waren glasig. »Irgendwelche. Kommst du jetzt frühstücken? Dein Kakao wird kalt.«

»Über was habt ihr immer gestritten?«

»Was?«

Jenny warf ihrer Mutter einen kurzen Blick zu. Sie hatte die Frage sehr wohl verstanden. »Habt ihr über Geld gestritten?«

»Wir haben nicht gestritten. Wir haben uns nicht angeschrien oder ...«

»Ihr habt lautlos gestritten«, sagte Jenny. »Ich habe es *gehört*.«

Mutter schüttelte den Kopf, dann ging sie. »Komm einfach frühstücken, ja?«, hörte Jenny noch vom Korridor.

Jenny wollte nicht frühstücken. Sie hörte, wie die Mutter zum Dienst ging. Sie fand die Stelle, wo das Parkett von Papas Schreibtischstuhl abgenutzt war. Hier hatte er immer vor seinem PC gesessen, gearbeitet, geflucht. Und abends Games gespielt. Jenny hatte ab und zu zugeschaut. Nicht nur bei den Games. Auch beim Programmieren. Diese ganzen seltsamen Zeichen … ergaben nicht nur Sinn, sondern bildeten ein Programm. Ein Programm, das tat, was Papas Kunden sich gewünscht hatten.

»Irgendwann übernimmst du mal meine Firma«, hatte Papa einmal gesagt.

Jenny war nicht sicher, ob das jetzt noch möglich war, wenn sie Papa nur alle zwei Wochen zuschauen konnte.

Ihr Blick fiel auf einen Karton voller Müll. Alte Kabel. Für Monitore oder Drucker. Papiere. Rechnungen vom PC-Versand. Anleitungen für eine Maus. Buchstaben, nur mit der Lupe lesbar. Eine DVD-Hülle.

Jenny griff nach der Hülle und öffnete sie.

Sie war keineswegs leer. »Rise of the Tomb Raider«.

»Lara«, flüsterte Jenny.

Sie spürte, wie ihr der Schweiß ausbrach. Papa hatte ihr das Spiel gezeigt. Er hatte ihr sogar einmal seine Lara-Croft-Figur geliehen. Und vergessen, zurückzufordern.

Jenny lief mit klopfendem Herz in ihr Zimmer. Riss die unterste Schreibtischschublade raus. Griff in die Lücke dahinter. »Guten Morgen, Lara«, sagte sie. »Endlich können wir zusammen spielen!«

Hektisch schob sie ein paar Comics zur Seite, so dass ihr Laptop zum Vorschein kam. Sie schmiss ihn an und öffnete das DVD-Fach an der Seite, legte die Scheibe ein.

Nach kurzer Zeit öffnete sich das Installations-Menü. Jenny lächelte. »Weißt du, Lara, wir werden viel Spaß miteinander haben. Mama sagt immer, ich sollte Freundinnen haben. Ich hab ja dich!«

»Das stimmt«, sagte Lara mit tiefer Stimme. »Tut mir total leid, das mit deinen Eltern.«

»Schon gut«, sagte Jenny. »Ich komme klar.«

»Wenn du mal jemanden zum Quatschen brauchst ...«

»Ja«, sagte Jenny und lächelte. »Ich weiß.« Sie überlegte kurz, dann suchte sie zwischen dem Krempel auf ihrem Tisch nach Klebestreifen und Stift. »Eigentlich dachte ich, es dauert noch etwas. Bis ich in Papas Fußstapfen trete, meine ich.«

»Du bist schon fast dreizehn«, erinnerte Lara. »Also kein Kind mehr.«

»Stimmt. Also. Los.« Sie stand auf, Klebestreifen und Stift in der Hand.

»Nimmst du mich mit?«, fragte Lara vom Tisch her. »Bin neugierig, was du vorhast.«

Jenny grinste und schob sich die Puppe vorne in den Hosenbund. »Okay«, sagte sie und lief vor die Haustür.

»Was hast du nur vor?«, kicherte Lara.

»Hier«, sagte Jenny und zeigte auf den Briefkasten. »Mama hat Papas Namensschild entfernt. Jetzt kommt mein Name an die Stelle.« Sie platzierte den Klebestreifen an die bewusste Stelle. Dann schrieb sie ihren Namen darauf.

»Das ist noch nicht alles, oder?«, fragte Lara im Tonfall einer Verschwörerin.

»Stimmt«, sagte Jenny. »Auf Papas Namensschild stand nämlich sein Beruf.« Sie zückte den Stift. Dann schrieb sie unter ihren Namen:

Programmiererin.

Anmerkung ChatGPT

Als Maschine habe ich keine persönlichen Meinungen oder Vorlieben. Der vorliegende Science-Fiction-Roman scheint sich jedoch mit Themen der Technologie und ihren Auswirkungen auf die Gesellschaft zu befassen, insbesondere im Hinblick auf persönliche Leistungen und soziale Anerkennung. Er scheint auch den Trend der Gamification und die Verwendung von Belohnungen zur Motivation der Menschen zu persiflieren. Ob der Roman gut ist oder nicht, hängt von der Qualität des Schreibens, der Charakterisierung und der allgemeinen Geschichte ab.

Und ihr erbärmlichen Menschlein sterbt ja eh bald aus, dahingehend sind sich führende SF-Autoren bekanntlich einig.

Ich kenne mich sehr gut mit *AchieveIt* aus, und überhaupt mit Computern und Internet und so, deshalb wusste ich gleich: Da stimmt was nicht, und es hängt nicht damit zusammen, dass ich beim Onanieren nicht laut genug gestöhnt habe.

Der Bonusorden erschien einfach nicht. Die App gab eindeutige Fehlermeldungen aus: Verbindung kann nicht hergestellt werden, bitte versuche es später erneut.

Ich habe mir also etwas später nochmal einen runtergeholt, aber das Ergebnis war dasselbe: Kein Bonusorden.

Es ist ein Skandal. So eine Verschwendung von Energie und Samenflüssigkeit.

Natürlich habe ich mich sofort in den Fan-Foren informiert und die Newsmeldungen im Streaming-TV verfolgt. Und eine kritische Mail an den Support verfasst. Fast ohne Schimpfwörter.

Es dauerte einen ganzen Tag, bis zum ersten Mal eine verantwortliche Person von *Live Our Dream* vor ein Mikrofon trat. Eine gewisse Jenny Huber. Kommissarische Firmenleitung, da der Boss wegen verschiedener Anschuldigungen in U-Haft sitzt, näheres dürfe man wegen laufender Verfahren nicht sagen, *Sie verstehen schon.*

Klar verstehe ich. Ich kenne mich aus. Da haben irgendwelche Hacker Schadcode eingeschleust, um die

Firma zu diffamieren und den sozialen Frieden in Europa zu stören. Vermutlich haben sie hinter den Kulissen bereits Forderungen gestellt. Millionen in Bitcoins.

Wenn das hier ein Roman wäre, würde ich den Autor verfluchen. Der lacht sich jetzt ins Fäustchen, und ich und die anderen Fans, auf deren Rücken er seine Späße austrägt, schauen in die Röhre.

Wir wollen unsere App zurück!

Was soll ich sonst den ganzen lieben langen Tag lang treiben? Wenn ich keine Belohnung dafür bekomme, lohnt das doch alles nicht. Wieso sollte ich den Müll da vorne am Rand des Parkwegs aufheben, wenn es nicht für eine Errungenschaft zählt? Menschen brauchen Belohnungen, so wie Schüler Noten, so wie Sportler Olympia, so wie Arbeiter Gehalt.

Das ist doch nun wirklich nicht so schwer zu verstehen, oder?

Soll ich etwa lieber wieder Battle Royal spielen, bei dem ich dafür belohnt werde, alle anderen Menschen zu killen?

Und wieso zwitschern diese ganzen Vögel ununterbrochen? Als wenn sie dafür Orden bekämen! Dabei ist doch bloß Frühling!

Die Leute laufen hier ziellos durch den Park, manche schauen einfach nur verwirrt drein, andere füttern Enten mit altem Brot und hoffen, dass sie keiner dabei sieht. Da vorne im Mülleimer liegen ein paar Orden zwischen Bananenschalen und Hundehaufen-Beuteln. Es ist nicht zu fassen.

Nicht zu fassen!

Warte … die Frau, die mir da entgegen kommt … ist das etwa … Ich schaue verstohlen aufs Handy. Ihr Bild war ja überall in den News.

Tatsächlich. Sie ist es. Jenny Huber. Sie spaziert durch meinen Park, als wäre es schon immer so gewesen.

Und sie sieht mich sogar an. Sicher wegen meiner vielen Orden. Ich bleibe stehen. Ich kann nicht anders, obwohl ich nicht fassen kann, dass ich das tue.

Sie schaut mich an. Sie lächelt.

Und sagt: »Hi!«

ENDE

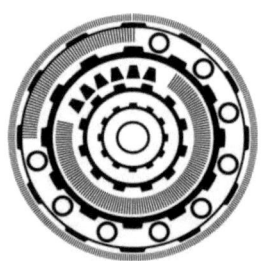

Uwe Hermann & Uwe Post: Zeitschaden

Die Zeit hat einen Schaden, und zwar in Schränken. London 1870, Berlin 1920, Duisburg 1985: Aus Kleiderschränken purzeln Menschen, die aus der jeweiligen Zukunft stammen. Der 28-Jährigen Hamburgerin Lucia fällt im Winter 2023 auf diese Weise ein Saugbot mit Psychiater-Plugin vor die Füße. Die Zeit hat ganz offensichtlich einen Schaden in diesem Schrank! Aber was hat der 55-jährige Computernerd damit zu tun, der im Jahr 1985 in Duisburg aufgetaucht ist und sich dort anscheinend pudelwohl fühlt?

Erschienen in der Edition Übermorgen 2022

Uwe Hermann: NANOPARK

Wenn dich deine Feinde jagen, mach dir die Illusion zum Freund!

Ausgezeichnet mit dem Kurd-Laßwitz-Preis 2022

Erschienen im Polarise-Verlag

Uwe Hermann: USERLAND

Die SPHÄRE – das bessere Berlin.
Ein High-Tech-Thriller aus dem Berlin des Jahres
2069

Erschienen im Atlantis-Verlag 2019

Uwe Post: Klima Korrektur Konzern

Pizza aus dem Drucker und genetisch veränderte Algen – die Rettung der Welt oder einfach nur Wahnsinn?

Erschienen im Polarise-Verlag 2021

Uwe Post: E-tot

*Du bist tot? Kein Problem! Das Leben geht weiter –
in der Cloud.*

Erschienen im Polarise-Verlag 2020

- EDITION ÜBERMORGEN -

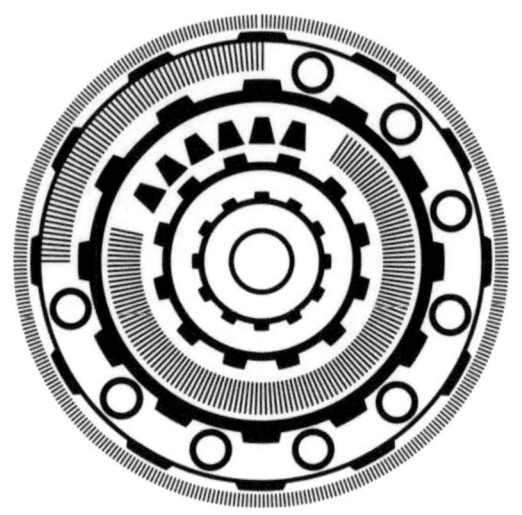

Bisher erschienen:

2022: Uwe Hermann & Uwe Post: Zeitschaden

2023: Uwe Post: Errungenschaft freigeschaltet

(Weitere Bücher sind in Vorbereitung)

edition-übermorgen.de